# 霜月記

砂原浩太朗

KODANSHA

[illegible]酒[illegible]記

# 霜月記

目次

装幀　芦澤泰偉
装画　大竹彩奈

# 柳町《やなぎまち》

## 一

昼日中の遊里とはなんとも居心地の悪いものだ、とひとりごちながら大通りを歩いていくと、五間ほど先にそれらしき構えの料亭があらわれる。草壁総次郎《くさかべそうじろう》は足を止めて、あたりを見渡した。

まだ日も高い時刻だから行き交う人影は数えるほどしかないが、男女を問わず歓楽の果てとも見える気怠《けだる》い空気をまとっている。襟元をしどけなくはだけた女が、でっぷり肥えた中年の町人にしなだれかかって歩を進めるかたわらでは、おのれより二つ三つ上かと思える若侍が酒の香を振りまきながら、おぼつかない足どりで歩いていた。

柳町は神山《かみやま》城下随一の歓楽街で、大小合わせて百とも二百ともいわれる妓楼《ぎろう》や小料理屋、呑《の》み屋《や》などが、一万坪ほどのなかに犇《ひし》めいている。足を踏み入れるのがまったく初めてというわけではないが、いまだ家督前の身であるし、藩校での学びに終始する生活では遊ぶゆとりもない。お節介な先輩から強引に誘われ、何度か呑み屋に付き合ったくらいである。

〈賢木《さかき》〉というのが目指す店の名まえだが、一見したところ、遊里らしからぬものさびた佇《たたず》まいをしていた。腰くらいまである生垣で囲まれた向こうに、二階家とおぼしき瓦屋根が覗《のぞ》いている。通りへいくらか迫《せ》り出《だ》すように伸びている木は桜だろう。いまはすっかり散って緑の葉叢《はむら》が広がっているが、半月前にはあざやかな桃色の花が頭上を覆っていたに違いない。

おそるおそる枝折戸《しおりど》を開けると、庭石が奥へ向かって誘《いざな》うように延びていた。玄関の戸は開いていて、黒く涼しげな石の敷き詰められた三和土《たたき》が目に飛びこんでくる。奥の方にひとの立ち働く気配がうかがえたが、目にとまる影はどこにも見当たらなかった。

草壁家の隠居・左太夫《さだゆう》がこの店の離れに引き移って五年になる。じつの祖父だから訪ねていきたいと思うことも間々あったが、どこかそれを憚《はばか》るような空気が総次郎のまわりにはあった。少年の身で料亭に足を踏み入れるのもためらわれ、十八歳となるこんにちまで無沙汰を重ねてきたのである。が、今はそんなことを言っている場合でなかった。何としても左太夫に会わねばならぬと覚悟をさだめて赴いたのである。

「ご免《めん》候《そうら》え」

三和土に立って呼ばわったが、返答がない。今いちど声を張ったあと、草壁と申す、と付け加えた。

ややあって、三十なかばと思《おぼ》しき肥《ふと》り肉《じし》の女中があらわれる。不似合いなほど身軽な動きで上《あ》がり框《がまち》に膝をつくと、

「ようこそ、いらせられませ」

そろえた指さきをついて深くこうべを下げた。客商売らしい物慣れたしぐさながら、微塵《みじん》もいやしさがない。さすが柳町でも名の知れた老舗《しにせ》だけある、と感嘆めいた思いが肚《はら》の底で湧いた。

「草壁総次郎と申す。その、左太夫の孫で……」

口籠もりがちに名のると、女中の眉宇《びう》に戸惑うような色がよぎる。が、間を置かず、うやうやしげに一礼すると、

「女中頭をつとめております咲《さき》と申します。常より、まことひとかたならぬお世話になってございます。ご案内させていただきます」

丁重に返してきた。

草履《ぞうり》を脱いで板張りの廊下に足を下ろす。刀をあずけたほうがいいのか迷ったが、かまいませんというふうに女中頭がうなずいてみせた。草壁の名は手形代わりらしい。

時刻も時刻だから、こうした店にとっては休みどきなのだろう。時おり使用人同士が世間話に興じる声が聞こえはするものの、長い廊下を辿《たど》るあいだ、誰とも擦れちがうことはなかった。

門前に立ったときは、それほど大きな店でもないように感じたが、ぞんがい奥行きのあるつくりだったらしい。しばらく進んで角を折れると、別棟につながる渡り廊下が伸びていた。先に立つお咲が振り返り、微笑《ほほえ》んでみせる。付いてきてくださいという意味だろう。

庭に面した廊下を歩んでいると、手入れの行き届いた景色が目に映る。葉桜を背にして植え込みがつらなり、赤や紫の躑躅《つつじ》が匂やかに咲き競っていた。さほどつよい香りはしないはずだが、

鼻先に甘い気配がただよってくる。

そのまま、離れらしき一棟に足を踏み入れた。鶯《うぐいす》の囀《さえず》りが耳朶《じだ》をくすぐったが、鳥の声を愛《め》でるゆとりはない。しだいに落ち着かなさがつのってきた。

お咲が障子戸の向こうに声をかけると、いくぶん刻《とき》が空いてから、

「どうぞ」

やわらかな女の声が返ってくる。祖父以外の者が応えるとは思っていなかったから、にわかに鼓動が速まった。女中頭が戸をひらくと、総次郎はのめるような足どりで部屋のなかへ踏み入ってゆく。

縁側に降りそそぐ陽光が強かったため、つかのま視界が暗くなった。目が慣れるまえに、

「――久しぶりだの」

錆《さ》びた声が、なぜか足もとのほうから聞こえる。引きずられるように、そちらへ目を向けた。とっさに、おのれの眉がおかしなふうに曲がったと分かる。

女中よりいくつか齢下《としした》と思える女が、床《とこ》にうつ伏せとなった祖父の背に指を這《は》わせている。もともと小柄で引き締まった体つきの左太夫だが、五年ぶりで会うわりには、とくだん老けこんだようすもなかった。六十はとうに過ぎたはずだが、五つ六つ若く見える。

ほっそりした指に力が籠められるたび、半白の髷《まげ》が心地よげに揺れる。肩や背を揉《も》んでもらっているらしい。女はまだ若く、すらりと痩せているが、どこか貫禄《かんろく》めいたものを漂わせてもいた。おそらくは〈賢木〉の女将《おかみ》なのだろう。たしか、はるという名のはずだった。

「ご無沙汰を重ねて申し訳ありません」総次郎は床のそばに座りながら低頭する。「ご息災の体《てい》を拝し、恐悦至極に存じます」

「まあ、そう固くならいでもよい」左太夫が苦笑とともに上体を起こし、こちらへ向き直った。女は総次郎に礼をすると、床からしざって部屋のすみで控える。お咲が音もなく座敷《ざしき》へ入り、女のかたわらに腰を下ろした。

「で、いかがした。なにかしら要用《ようよう》が生じたのであろう」

落ち着いたなかに、どこかするどいものの含まれた声だった。総次郎は気圧《けお》されて唾を呑みこむ。女ふたりのまえで話してよいのか気にはなったが、これ以上おのれだけで抱えていることはできなかった。

「それが……」ためらう心もちを励まし、どうにか声を押し出す。「昨日、父上がにわかに致仕《ちし》なされ、行き方知れずとなりましてございます」

ひといきに告げると、祖父が大きく目を見開く。驚かぬはずはないが、うろたえたさまを見せないのはさすがだと思った。十年ほど前まで長きに渡って家職の町奉行をつとめ、名判官《はんがん》と評判を得たひとなのである。

「――まずは、仔細《しさい》を聞かせてもらおうか」

落ち着いた声音で左太夫が問う。総次郎はちらと部屋の隅に目を走らせた。女たちが息を凝らしていることは伝わってきたが、どちらも立ち騒ぐような気配は見せない。いずれにせよ、このまま話をつづけるしかなかった。

左太夫の倅《せがれ》、つまり総次郎にとっては父にあたる町奉行・草壁藤右衛門《とうえもん》が行き方知れずとなったのは、昨日の午後である。ちょうど非番の折とて、釣りにでも行くような風情《ふぜい》でひとり屋敷《やしき》を出たきり、夜になっても帰らなかった。藤右衛門が家を空けるのはめずらしいことでもなかったから、その時点では誰も不審がらなかったが、とうとう朝になっても戻る気配がない。出仕の刻限も迫り、中間《ちゅうげん》たちを諸所に遣《つか》わし探させようとしたところで、城から使いが来たのだった。

「使い……」

左太夫が反芻《はんすう》するようにつぶやく。総次郎はうなずいて上体を乗り出した。

「かねての願い通り、嫡子総次郎の家督およびお役目相続の儀、差し赦《ゆる》すものなり、と」

「ほう」

祖父の声に、どこか感嘆めいたものがふくまれる。「あやつにしては、えらく手際がよいの」

感心されても困ると思ったが、その心もちは分からぬでもなかった。母やまわりの者にたしかめたが、そうした願いを出していたことじたい、誰も気づいておらぬ。ひとがこれほどみごとに消えられるものだとは考えもしていなかった。入念に仕度《したく》をした上での失踪だとすれば、探したところですぐに見つかるはずもないだろう。

自分にも祖父にも似ていない、巌《いわお》のごとき藤右衛門の面《おも》ざしが脳裡《のうり》に浮かぶ。たくましい体軀《たいく》と裏腹に顔色は蒼白《あおじろ》く、いつも世を拗《す》ねたふうな表情をたたえていた。左太夫と藤右衛門のあいだには端《はた》から見てもよそよそしい空気がただよっていたから、この五年間、行き来があったはずもない。父の消息に心当たりがあるとは思えなかったが、いま縋《すが》ることのできる相手が祖父しかいないのもまことだった。

総次郎はうなだれて、ふかい吐息をこぼした。きのうの今日ということもあるが、話せるのはこれくらいしかない。じぶんは父のことをなにも知らなかったのだなと思い至った。

「いかがしたものでしょうか」

面をあげると、腕を組んで沈思《ちんし》していた左太夫が、ちょうど枕もとの煙草盆《たばこ》に目を向ける。それと察したはるがさりげなくにじりより、煙管《きせる》に火をつけ手渡した。

吸いこんだ煙を祖父が吐きだすと、灰色の柱がうっすらと立ちのぼる。その影が消えるのを待たず、

「お祖父《じい》さま――」

総次郎は応えをうながすように唇をひらいた。

「いかがもなにも」左太夫が煙管を灰落としに打ちつける。高く硬い音が座敷のうちに谺《こだま》した。

「そなたが町奉行になるしかあるまいよ」

## 二

肩を落として引き上げる孫を見送ってから、左太夫は離れの縁側に腰を下ろす。昼下がりの陽光が心地よく全身を撫《な》でた。膝先では、お咲が淹《い》れてくれた番茶の面が微風《びふう》にそよいでいる。女将のはるは総次郎が帰ったあとも気づかわしげな面もちを浮かべていたが、夕方からの仕込みに

かかるため母屋の方へもどっていった。

町奉行などを長年つとめたせいで、内心を面に出さぬ癖がついている。おそらく、まわりからはひどく落ち着いていると見えただろう。が、さすがに胸の奥が波立つのを抑えかねていた。常とかわらぬ退屈な午後を過ごすはずが、なにかに急き立《せ》《た》てられるごとき心地が湧き立ってくる。

――とうとうやりおったか。

何度目か分からぬつぶやきを、胸のうちで繰りかえす。行方をくらますとまでは思わなかったが、いつか何かが起こるような予感は漠然と抱いていた。

なぜ失踪したのかという以前に、日ごろ藤右衛門がなにを考えていたのかも分からない。左太夫が父から町奉行の職を譲りうけたのは、二十代の終わりである。懸命にお役をつとめてきた結果、名判官などと持《も》て囃《はや》される身になったものの、忙しさにかまけて、倅とゆっくり話をした覚えもない。そういうものだと思って疑問も持たなかったが、気がつくと藤右衛門は、まるでことばの通じぬひとりの中年男となって眼前に立ちはだかっていた。

なにゆえ、このように溟《くら》い目をしているのかと、畏《おそ》れに似たものを感じたことさえ、一度や二度ではない。それは町奉行というより、裁かれる側の者がまま浮かべているような眼差《まなざ》しだった。

妻の静世《しずよ》が父子の先行きを案じているのは分かっていたが、今さらどのように倅と関わりを持てばよいのか見当もつかない。妻の死後、屋敷を出たのは、そのためといってよかった。

有り体にいえば逃げたのだと左太夫は思っている。務めのうえでは縺《もつ》れた糸を数え切れぬほど解いてきたが、じつの倅とはどうしてよいのか分からなかった。そもそも、縺れるほどの糸があったのかどうかも定かではない。

躑躅を背にした蝶《ちょう》のはばたきに、ふと目を吸い寄せられる。白い翅《はね》が赤い花弁を負ってやわらかく浮き立っていた。その動きを追ううち、わずかながら気もちが鎮まってくる。

——総次郎は大きくなったな。

孫の面ざしを思い起こす。五年ぶりに会ったから背はずいぶん伸びていたが、目は少年のころと変わらず、焦りも慌てもいるわりには濁りがうかがえなかった。たしか十八になったはずで、時おり届く嫁からの便りによれば、学問好きだと聞いている。

むろん会いたいと思う心もちはあったが、藤右衛門と顔を合わせるのが億劫《おっくう》で、屋敷へ足を向ける気にならなかった。この五年間、何もかも放り出していたというほかない。

にわかに渇きを覚え、湯呑みを手に取る。ひとくち含むと、香ばしく温かいものが喉から鼻にかけて広がった。

そなたが町奉行になるしかあるまいよ、というのはまったくその通りだったが、そっけなく響いたであろうことも感じている。因果な話だが、そのような物言いが染みついているのだった。そう告げた瞬間、孫の浮かべた眼差しが脳裡を過《よ》ぎる。雨に打たれる子犬のごとく、途方に暮れた瞳だった。

どこか後ろめたいものを振り払うように腰をあげる。まだ日はじゅうぶんに高かった。いつもとおなじ、とくに為《な》すべきこともない時の降り積もりが目のまえに待ちかまえている。今日はこれからどう過ごそうか思いをめぐらすと、われしらず浅い吐息がこぼれた。

# 三

屋敷の三和土に立った武士が、謹直なしぐさでこうべを下げる。背後から差しこむ朝の光が、肉づきのよい体軀を照らし出していた。

町奉行所の筆頭与力で、名は小宮山喜兵衛《こみやまきへえ》という。祖父が隠居するまえは始終この屋敷を訪れていたから、総次郎にとってもなじみのある相手だった。左太夫より五つほど下と聞くから、とうに隠居していておかしくない齢ながら、十年以上まえ倅に先立たれたきり、養子もとらず今日まで来ているらしい。祖父に事情を問うたこともあったが、

「ま、色々あるのがひとというものでな」

はぐらかされて、そのままとなってしまった。気にならぬわけではないものの、

「お迎えにあがりましてござりまする」

いつもにこやかな笑みを絶やさなかったはずのひとが、強張《こわば》った面もちで声を発している。とつぜん奉行が交替したのだから無理もなかった。おのれも、ひとのことを気にかけるゆとりなど、あるはずはない。

「なにとぞよろしゅうお頼み申しまする」

上がり框に膝をついた母の満寿《ます》が、指をそろえて頭を下げる。滅相もない、といって喜兵衛が

かぶりを振った。

家老や大目付のような上《うえ》つ方《かた》は三の丸の一郭に屋敷を与えられているが、草壁家は二百石だから、大手を出てすぐのところにある楢山町《ならやまちょう》に住まっていた。中級家臣の屋敷が軒を列ねるあたりで、町場に近い奉行所までは、急ぎ足で歩いても四半刻はかかる。つい先日までかよっていた藩校は目睫《もくしょう》の間だから、どこかしら恨みがましい気分になるのを抑えきれなかった。

なるしかあるまい、と祖父に断じられてから五日も経《た》ってはいない。いまだ心もちが追いついているとはいい難《がた》いが、町奉行所には日々さまざまな訴えが飛びこんでくる。奉行がおらぬでは勤めが滞るくらい、童《わらべ》にも分かることだった。

ひとまず他の方が務めてくだされば とも思うが、神山藩の成立以来、町奉行は草壁家の家職となっている。五つや六つならともかく、十八ともなれば家督を継げる年齢ではあった。父の隠居願いも受理されているから、逃げようがない。

着慣れぬ裃《かみしも》に憂鬱な思いが募ってゆく。母はよけいなことをいわぬ質《たち》だが、案じげな眼差しを隠すまではできていないから、なおさらだった。平静を保とうとしているのが痛いほど伝わってくるものの、いきなり夫が行方を晦《くら》ましたのだから心おだやかでいられるはずもないだろう。が、これもまた気遣うゆとりはなかった。わがことで手一杯なおのれが厭《いと》わしいとすら思えてくる。

喜兵衛に先導されるかたちで門を出ると、右方から通りを歩いてきた若侍が、あっと小さく叫んで立ち止まった。まるで悪戯《いたずら》が見つかった子どものような心地となり、視線を逸《そ》らしてしまう。

「今日からだったか」

相手は気安げに声をかけたあと、かたわらの喜兵衛に目を留めたらしい。今日からでござったか、といくぶんわざとらしく言い直した。ひとのよさそうな丸顔が、抑えきれぬといった体で、にやついている。よほど裃が似合っていないのだろう。

「いかにも今日からでござる」

むっとした面もちになっているのが自分でも分かる。若侍は憐《あわ》れむような、笑い出したいのを堪えているような顔つきになった。ご精励、とつぶやき、先生にはよしなに申し上げておきます、と付け加えて低頭する。

こちらもこうべを下げて応じ、若侍と反対側に爪先を踏みだす。相手はこれから藩校へおもむくはずだった。

丸顔の若者は日野武四郎《ひのたけしろう》といって、馬廻《うままわり》組日野家の四男坊である。家格もほぼ同じ、屋敷も近所の幼なじみで、藩校日修館《にっしゅうかん》や富田《とだ》流の影山《かげやま》道場でも同門だった。ひとり子の嫡男と末っ子というところだけが違っていて、総次郎はひそかに友垣《ともがき》の行く末を案じてもいる。が、当人はいたって気楽なもので、

「まあ、齧《かじ》れる脛《すね》があるうちはいいだろう」

などといって、のんびり日々を過ごしていた。いずれはどこかに婿入りしなくてはならぬが、武四郎は剣も学問も、みごとにそこそこな男である。買い手がつくかどうか怪しいから太平楽な

ものだが、これからおのれが投げ込まれる境遇を思えば、いささか羨ましさを感じてしまうのもまことだった。

差し迫った心もちとは裏腹《はら》に、のびやかな朝の日ざしが降りそそいでくる。あたためられた大気が、かぐわしい春の匂いを孕んで総身にまといついた。屋敷町を抜けると、ほどなく幅の広い街道が視界を横切っている。この道を中心にした一郭が橘町《たちばなちょう》といって、呉服屋や太物屋などの商家が目につくあたりだった。

武家と町屋の境を守るという意味もあるらしく、町奉行所は街道を渡ってすぐのところに構えられている。商家二軒ぶんの敷地に三棟の甍《いらか》が立ち並び、周囲を丈の高い海鼠塀《なまこ》が取り巻いていた。ことさら周りを圧するような構えであり、町人たちへの威圧も意図しているのだろう。が、われながら馬鹿げたことと思うが、いまは新任の奉行である総次郎自身が、そのたたずまいに気おくれを覚えてしまう。

――それにしても……。

黒渋塗りの長屋門をくぐりながら、思いをめぐらせる。家職だからいずれはと肚の底で覚悟してもいたが、十年は先だと考えていた。父の藤右衛門はまだ四十を出たところゆえ、そう見積もっておかしくはない。それまでは藩校で勉学に打ち込ませてもらうつもりだったから、藤右衛門が放っているのにまかせて町奉行のお勤めもろくろく学んでいなかった。そのあいだ、父はひそかに失踪の下拵《したごしら》えをしてきたらしい。

子である自分から見ても熱心とはいえぬ勤めぶりだったが、行方をくらますなどとは思うはずもない。公になれば家の存続にも関わりかねぬから、探すにしても細心の注意が必要だった。むろん父そのひとを案じてはいるものの、あまりに戸惑いが大きく、何から手をつけてよいのか分からないというのが正直なところである。

――そなたが町奉行になるしかあるまいよ。

左太夫の言が頭のなかで、ひっきりなしに繰りかえされる。自分でもそれは分かっていたはずだが、祖父に突きつけられて退きようがなくなった。こんなときこそ側にいていただけたらと思うが、五年まえに祖母が亡くなってから屋敷を出て、〈賢木〉の離れで起居している。あの屋の女将とどういう関係なのかは知らぬが、これまた大っぴらにはしづらいことだった。家のもの以外ですべての事情を心得ているのは、小宮山喜兵衛ただひとりである。いくら幼なじみとはいえ、武四郎にも軽々に洩らせるはずはなかった。

奉行所の門から玄関までは、せいぜい二十歩ほどしか離れていない。石畳の道を掃き清めていた下男が、あわてて腰を折った。今日から新しい奉行が出仕することは知れ渡っているのだろう。

いつの間にか足先が震えだすのをはっきりと感じている。かたわらでは、喜兵衛が気づかわしげな眼差しでこちらを見つめていた。息の仕方も忘れたようになって、爪先を進める。いつまでも着かなければいいと思ったが、玄関先に迫り出した小屋根がひと足ごとに大きさを増してきた。

ひとりでに喉が動き、唾を呑みこむ。上がり框に居並んで膝をつく同心たちの姿が、否応《いやおう》なく目に飛びこんできた。

絶え間なくつづく挨拶を受けたあと、喜兵衛に先導されて執務部屋に入る。奉行不在の数日間にたまったものなのだろう、窓脇の文机《ふづくえ》にうずたかく書類が積まれていた。

「ほんじつは、こちらの裁きからでございます」

喜兵衛が差し出した書き付けをひらくと、ごく簡潔な筆致で事件のあらましが記されている。裏長屋で隣り合って住まう者どうしの申し立てだった。訴えたほうは大工で、ひそかに貯《た》めていた虎の子の一分《いちぶ》を隣家の遊び人に盗まれたという。相手の方は端《はな》から否んでおり、町年寄の仲裁で埒《らち》が明かず奉行所に持ち込まれたのだった。

「まずは、これくらいの事件でよろしゅうございました」

喜兵衛がみずからへ言い聞かせるようにつぶやく。どこから見ても真顔だから、さほどむずかしい裁きではないのだろう。とはいえ、侍の暮らしならいくらか想像もつくが、町人たちの生活《たつき》は分からぬことばかりである。そのうえ、おのれの差配ひとつで誰かが罪を負うかもしれぬと思うと、気重というもおろかだった。祖父はもちろんだが、父もよくこんなお勤めを果たしてきたものだと思う。

藤右衛門の無骨な面ざしが脳裡をよぎる。とつぜん姿を消された驚きがしだいに静まり、ここ何日かは父の身勝手さに怒りめいたものを覚えていたが、誰しも抱えているものを投げ出したくなる時があるのかもしれなかった。

「お奉行――」

つかのま放心していたらしい。喜兵衛に呼びかけられ、われに返った。落としていた眼差しを上げると、開け放った障子戸の向こうで木蓮《もくれん》が薄紫の花を咲かせている。そのまわりを白い蝶が二羽、連れ立つふうに飛びかかっていた。


「だから、そんな金のことは知らねえと幾度も申しましたんで」

ふてくされたように唇をとがらせるのは、三十にいくらか間のある男だった。こちらが遊び人だろう、ととのった顔立ちをしているが、襟元はしどけなくゆるんでおり、覆いようもなく崩れた空気をまとっている。庭先の筵《むしろ》に腰を下ろし、二、三間はなれたところに控える熊のような体軀の職人を睨《ね》めつけていた。縁に坐《ざ》した総次郎は、ふたりを見渡したあと、いくらか間を置いて口をひらく。声が上ずりそうになるのを懸命にこらえていた。

「だが、当の一分はその方の家から見つかっておる」

そうだ、と職人が忌々しげな口ぶりでつぶやく。

「よけいなことを言うてはならぬ」

白洲《しらす》の床几《しょうぎ》に腰を下ろした喜兵衛が、するどく叱責する。ふだんの温厚さは跡形もなく消し飛び、職人のみならず、遊び人まで肩を震わせるのが分かった。

「町年寄、治兵衛《じへえ》」

呼びかけると、筵の隅に膝をついた五十がらみの男が、へいと応えた。今いちど訴状に目を走らせ、喉を張る。「あらためて、いきさつを申し述べよ」

「承知いたしましてござりまする」

町内の取りまとめをする立場だから、お白洲に呼ばれるのも、はじめてではないのだろう。町年寄は低く落ち着いた声音で語りはじめた。

熊のような風体の大工は三重吉《みえきち》といって、女房とふたりで暮らしている。少しずつ貯めたものを神棚の後ろに隠していたが、十日ほどまえ、あたらしい金を加えようとして、今までの分が失《う》せていることに気づいた。蒼白《そうはく》になって竈《かまど》のなかまで探したが、見つかりはしない。

そこから先は勘というべきか邪推というべきか分からぬが、三重吉はかねてからよい心もちを抱いていなかった隣家の遊び人・定七《さだしち》に疑念を持った。じぶんが真っ当に働いているあいだ、女に貢がせて遊び暮らしていると思えば面白くないのは当然として、だから金を盗んだと決めつけるのは、早飲み込みというほかない。三重吉から相談を持ちかけられた町年寄も、むろんそういって宥《なだ》めた。

だが、三重吉はおさまらなかった。疑念は日ごとにふくらみ、とうとう定七の留守宅へ忍びこむ。隅々まで家探ししたところ、そそけだった畳の裏から一分の金が出てきたのだった。

帰宅した定七に詰め寄ったものの、そんな金は知らぬと突っぱねられ、逆に留守宅へ上がりこんだことを責められる。はげしい言い争いとなり、町年寄にもおさめようがなくなった。落ち着きどころが見出《みいだ》せなくなって、ついに奉行所へ持ち込まれることとなったのである。

「金が出てきたんだから四の五の言っててんじゃねえ」

面を伏せたまま、三重吉が押し出すように言い放つ。定七が目を怒らせて口走った。

「知らねえったら知らねえんだよ。だいたい、おめえの金だって証《あか》しがどこにある。おれんとこに来たくて、足でも生えたんじゃねえのか」

なんだとと叫びながら立ち上がった三重吉が、遊び人に摑《つか》みかかろうとする。喜兵衛の合図で下役たちが間に入り、どうにか引き離した。揉み合っていたふたりもお白洲だということを思い出したらしい。しぶしぶ元の座に腰を下ろしたが、いまだ荒々しく肩を上下させていた。

――面妖《めんよう》だな。

総次郎は眉をひそめながら、敵意をぶつけ合う男ふたりを見つめていた。訴状を読んだだけでは分からなくとも、こうして当人たちの顔を見、声を聞くことで伝わるものがある。自分の目と耳が頼りなのだな、と思った。

面妖というのは、どちらかが嘘《うそ》をついているようには見えなかったからである。三重吉の怒りは混じり気がないとさえいえるほどまっすぐなもので、言いがかりをつけているようには思えない。が、ふしぎと遊び人の定七も嘘をついているとは感じられなかった。だいいち白《しら》を切るつもりなら、畳の下の金は自分が隠したものだといえばいいだろう。

むろん、なんの証しもなく、あえていうなら勘と呼ぶほかない。はじめて裁きに臨む青二才の勘を当てにするほど傲慢ではないが、自分でもふしぎなほど、そう信じられてならなかった。

――だからといって……。

では実際なにが起こっているのかまでは見当がつかない。だが、いまはそれを裁かねばならぬのだった。

首すじのあたりに汗が吹きだしてくる。一座の目がおのれに注がれていることは、痛いほど分かっていた。

# 四

煙草くらい買いに行かせます、というはるの声を聞きながし、左太夫が〈賢木〉を出たのは、昼をいくぶんまわった頃合いだった。煙草屋は五、六町ほど離れているが、歩くのは好きなほうである。どのみち忙しいわけでもなかった。

春とも思えぬ暖かさで、着流しのまま歩をすすめていても、背に汗が滲《にじ》む。今年は暑くなるのが早そうだと思った。

〈賢木〉は柳町の奥まったあたりにあるが、すこし通りを行けば、じき小さな呑み屋や飯屋の集まる一郭に辿《たど》りつく。馴染みの煙草屋もそのなかにあった。まだ昼飯の終わっていない客もいるのか、鼻先に甘辛い煮物や焼き魚の匂いがただよってくる。

煙草屋の店主は亀蔵《かめぞう》という名で、齢は五十を出たところだろう。強面《こわもて》なわりに客あしらいの悪くない男だった。こちらの素姓など話した覚えもないが、見れば分かるということか、ご隠居さまなどと呼んでくる。時おり店を覗いて、うまい刻み煙草を勧めてもらうという間柄だった。

暖簾《のれん》をくぐると店先にはほかの客もなく、あるじの亀蔵が手持ちぶさたな風情で鼻毛を抜いていた。

「暇そうだの。何かいいのはあるか」

言いながら床几に腰をおろすと、仁王《におう》のような顔を嬉しげにほころばせてくる。待っていたとばかり、小皿に載ったひとつまみの葉を差しだしてきた。試してみろということらしい。

黒桟《くろざん》の煙草入れから煙管を出し、火口《ほくち》に葉を詰める。ごつごつした手に似合わぬ滑らかな動きで、亀蔵が火を点けてくれた。

ひとくち吸うと、甘やかな匂いが鼻腔にひろがる。胸の奥まで心地よいやわらかさに浸されるようだった。

「これをもらおう」

天井へ向けて煙を吐きながらつぶやく。いつもくらいでよろしゅうございますか、と亀蔵が聞くのにうなずき返した。いつもくらい、がこの先も際限なくつづいてゆくのだろう。

十匁《もんめ》ばかり油紙に包んでもらい、しばらく世間話を交わしてから店を出る。通りへ出ると、埃《ほこり》っぽい路上にうっすらと大きな影がのびていた。いつのまにか、空を覆うように灰色がかった雲が広がっている。さいぜんまで夏かと思えるほど濃い色を落としていたおのれの影法師は、目を凝らしても見分けられぬくらいに薄くなっていた。
二、三歩あるいたところで、ふいに足を止める。振りかえるより速く、無紋の着流しをまとった武士がふたり、両脇をかためるように背後から近づいてきた。
護衛しているふうにも見えるが、じっさいは身動きを封じたというところだろう。ともに三十代後半と思える風貌で、ひとりは上背のある屈強な体軀、もうひとりはどちらかといえば小柄な左太夫に、もう何寸かおよばぬくらいの背丈だった。どちらも知らぬ顔である。

「草壁左太夫さま――」

小柄なほうの男がささやきかけるようにいった。無言のまま、聞いているというしるしに顎《あご》を引く。声も童のごとく甲高いが、並々ならぬ遣い手であることは身ごなしを見れば分かった。左太夫は小刀一本を落とし差しにしているだけである。こんどは大男のほうが、野太い声で呼びかけてきた。

「さるお方の命にて、われらとご同道たまわりとう存じまする」

こちらの気配に心づいたらしく、築山《つきやま》のあたりにたたずむ人影がおもむろに振りかえる。着流しの武士ふたりにともなわれた左太夫へ目を向け、わずかに口もとをゆるめた。

「しばらくぶりじゃの」

ことばは返さず、腰だけをふかぶかと折って応えにかえる。

相手は仕立てのよい衣をまとった長身の武士である。齢は左太夫とおなじくらいだが、顔のあちこちに刻まれた皺《しわ》は、より深く鋭かった。着流しの者たちを見やって声をかける。

「その方らは、もうよいぞ」

わずかに不服げな色が面をかすめたものの、ふたりとも異議を唱えはしなかった。一礼して人影が遠ざかると、老武士が乾いた唇をひらく。

「総次郎は今日から出仕か。何よりだ」

「……お蔭さまを以《も》ちまして」

今いちど低頭すると、相手が声のない笑いを洩《も》らした。築山のそばに掘られた池から、鯉《こい》の立てる水音が響いてくる。空にはやはり雲がかぶさっていたが、ところどころ日が差し、薄い緑色をたたえた水面いっぱいに光の粒を落としていた。

「爺《じい》さまの方は、遊里で美女にかしずかれて隠居暮らしか。羨ましいかぎりじゃ」

「恐れ入りまする」

淡々と答えると、老武士が意外そうに眉を寄せた。

「尻尾をつかんで驚かせてやろうと思うたのに、当てがはずれたようだな」

「……佐久間《さくま》さまがご存じないことなどありますまい」

相手の喉から、こんどははっきりと苦笑めいたものがこぼれる。ひとしきり笑いおえると、確かにそうだなと、どこか自嘲めいた匂いをふくんだ口ぶりでいった。

男は神山藩の筆頭家老・佐久間隼人正《はやとのしょう》である。十年ほどまえ、〈桜《さくら》ヶ淵《ふち》の変〉と呼ばれる大がかりな政変を経て、いまの座に就いた。ときの執政府を総入れ替えするほどの騒乱で、左太夫自身に累《るい》は及ばなかったものの、それを機に隠居を決意したのである。佐久間は皮肉げな笑みを隠そうともせずに、つづけた。

「まあ、隠居後、遊里に住まうべからずという定めはない。そんなことをする者がいるとは誰も思わなんだからだが」

「ご定法《じょうほう》は承知しておりまする……逆手に取ったわけではございませぬが」

「さすが心得ておるの」

筆頭家老が、いささか芝居がかった調子でつぶやいた。つづいてふいに目をほそめ、ひどく冷たい声を発する。

「が、士道不覚悟という便利なことばもある。あまり図に乗らぬことだ」

「…………」

「わしが知らぬことなどない、といったな」左太夫の応えも待たずに語を継ぐ。「藤右衛門の件も例外ではない」

つかのま息を詰めた左太夫だが、すぐ平静な面もちにもどって、相手の顔を見つめた。窪《くぼ》んだ眼窩《がんか》の奥に黒目の多い瞳が覗き、瞬きもせずこちらを見据えている。倅の隠居願いは公に受理されているから、失踪のことを言っているに違いない。眼差しをそらさぬまま、佐久間に向けて言い放った。

「ご用のおもむきは、脅しというわけでござるか」

「——そこまで無粋ではない」

人もなげな爺さまに釘を差したというところかの、と笑って背を見せる。それ以上、話をつづけるようすはなかった。

左太夫は、こうべを下げて踵《きびす》をかえす。佐久間は、やはり呼びとめようとしなかった。吹きつける風が、やけに生暖かいものを孕んでいる。やはり、今年は梅雨も早そうだと思った。

# 五

執務部屋の窓から、芽吹きはじめた若葉の香が流れこんでくる。おもわず噎《む》せそうになり、総次郎はかるく咳ばらいをして苦い茶をふくんだ。かたわらに坐す小宮山喜兵衛も、無言のまま碗を手に取っている。

暫時《ざんじ》休息にいたす、と告げて、いっとき白洲から退出したものの、それで何かが変わるわけでもない。半刻のちにはふたたびあの場へおもむき、何らかの裁きを下さねばならなかった。

このままであれば三重吉の訴えを容《い》れ、定七を敲《たた》きのうえ領外へ放逐するか、証しが充分でないとして放免するかのどちらかとなるだろう。決め手がないときは自白を引き出すため拷問にかけるのが常道だが、率先してそれを排したのは左太夫である。祖父に倣《なら》うまでもなく、自身避けたいことではあった。

黙りこくったまま刻がすぎてゆくのを目の当たりにしていると、風のそよぎが時に強く、また弱くなるのをはっきりと感じる。それにつれて部屋に満ちた緑の匂いも濃くなったり薄くなったりを繰りかえすのだった。

空になった茶碗へ意味もなく手を伸ばしかけたところで、ふいに動きが止まる。何者かがさかんに遣《や》り取《と》りを交わすような響きが伝わってきたのだった。なごやかとはいいがたい風情で、さほど遠いところではないと感じる。喜兵衛にも聞こえていたらしく、眉間《みけん》のあたりに訝《いぶか》しげな色

がただよっていた。筆頭与力がそのまま腰を浮かせようとしたところへ、

「――申し上げます」

門番の中年男が縁先に走り寄ってくる。さいぜん聞こえた声の片割れはこの者であるように思えた。

「いかがした」

喜兵衛がことば短かに問う。声の調子がいつになく重く、厳しかった。

三重吉と定七がふたたび白洲へ引き立てられてきたときには、中天を過ぎた陽光が、白洲の玉砂利をまぶしく照らし出している。休息なら足りたはずだが、不機嫌そうな面もちはどちらも変わっていなかった。総次郎は代わる代わるふたりを見やり、声を低めて告げる。

「いくらか刻を置いたが、双方、言い分に変わりはないか」

考えるほどの間も置かず、

「一切ございません」

「つゆ知らねえことで」

ということばが重なって返ってきた。一歩も退かぬ眼差しを互いにぶつけあっている。町年寄の治兵衛が、うんざりした体で吐息をこぼしていた。

小宮山喜兵衛が、うながすような視線を送ってくる。総次郎は顎を引くと、白洲の外に向かって呼びかけた。

「これへ」

はっ、と応えがあがり、三十がらみの小者が入ってくる。藍色《あいいろ》の小袖をまとった女をひとり、ともなっていた。そちらへ目をやった三重吉が、

「なんでおめえ、こんなところに」

声を裏返して叫び、喜兵衛の叱責を浴びる。騒ぎを掻き消すように、中庭のどこかから頬白《ほおじろ》らしき啼《な》き声が響き渡った。

面を伏せた女が、三重吉のうしろに腰を下ろす。途切れがちな息を吐き、落ち着かなげに視線をさ迷わせていた。

女は三重吉の女房で、おふでという。先ほど聞こえたのは門番とこの女がことばを交わすさまで、

「申し上げたいことがございます」

といって奉行所に駆けこんで来たのだった。喜兵衛とともに話を聞き、おふでを白洲へ呼ぶことにしたのである。

いったいなんだってんだ、と繰りかえす三重吉をそのままにして、総次郎はしずかな声音でおふでに語りかけた。

「ぜひとも申し述べたき儀がある由」

はい、と喉を掠《かす》れさせて女が低頭する。言うがよい、とうながすと、おふではゆっくりと面を上げた。怯《おび》えたような光にまじって、どこか腹を据えた気配が瞳に滲んでいる。唇をわななかせ

ながら震える声を発した。

「お金は……あたしが定七さんの家に隠しました」

ええっ、と叫んだのは町年寄の治兵衛だけで、三重吉と定七は絶句して背すじを強張らせている。いくらか間を置いたあと、ようやく亭主のほうが、

「ば、馬鹿いってんじゃねえ。おめえ、どうしちまったんだよ」

度をうしなって女房の方へにじりよった。おふでは伸ばされた三重吉の手を振り払い、いやいやをするように首を振る。そのまま勢いにまかせて、ことばを迸《ほとばし》らせた。

一年ほど前、定七が長屋へ越してきたときから、おふでは気もちを奪われていた。実直な職人である亭主に不満はなかったが、そうしたこころの動きはどうにもならぬものらしい。幾度も思い切ろうとしたがとうとう堪えかね、三重吉が仕事に出ているあいだ定七の家へ忍んでいったのが三月まえのことである。

が、相手に微塵も応じる気はなく、すげなく追い返された。その際投げられた、

「じぶんの面《つら》ぁ見てから来てほしいぜ。女なら誰でもいいって思われちゃ困るんだよ」

嘲笑まじりのことばが忘れられなかったという。のぼせ切っていただけに恨みも深かった。

いっそ刺してやりたいと思ったが、そこまでの度胸はない。ほとぼりがさめるのを見はからい、せめて男を酷《ひど》い目に遭わせようと考えた。亭主が虎の子を隠している場所は分かっていたから、持ち出して定七の家に忍ばせる。不用心な話だが、長屋に錠前などついているわけもないから、この手の細工はし放題だった。亭主が隣家の遊び人に好意を持っていないのは織り込みずみ

で、金が失せたと慌てる耳もとへ、

「ひょっとしたら……いえ、まさかねえ」

などとささやくだけで、どうなるかはたやすく想像がつく。げんに、三重吉はおふでの書いた筋書き通りに動いたのである。

定七が認めるわけはないから、いっそ拷問にでもあって死ねばいいと思っていた。だが、いざ裁きの日が近づくと、自分のしたことがどうにも恐ろしくなり、いてもたってもいられなくなる。何日もまえから煩悶《はんもん》を繰りかえし、とうとう奉行所へ駆けこんだのだった。

三重吉は口を開けたまま、呆然と女房を見つめている。おふでは頭をかかえて体をふたつに折り、どこまでも縮こまっていきそうだった。ひと足はやく我に返った定七が、白洲からこちらを見上げていう。

「まったく、とばっちりもいいところで……帰ってよございますか」

総次郎はことばもなく男の顔を見つめた。鼻筋の通った細面《ほそおもて》に、涼やかといえる眼差しが際立っている。体つきもしなやかで、若い獣《けもの》のごとき匂いをただよわせていた。おふでが魅入られたのも宜《むべ》なるかなと思えてしまう。この男からすれば、興味のない年増ひとり袖にしただけのことだろうから、たしかにとばっちりというほかない。

――とはいえ……。

膝がしらのあたりに視線を落とす。定七の断りよう次第では、こんなことにならなかったかもしれぬ。この男に咎《とが》なしと言い切るのは胸苦しいものを覚えずにいられなかった。が、そこは法を超えた領分というほかない。

「――いいだろう」

ふかい脱力感が総身に覆いかぶさってくる。喜兵衛もとくに異を唱えはしなかった。

定七が立ち上がり、勝ち誇ったような目で三重吉夫婦を見下ろす。そのまま、着物の裾をひるがえして白洲から出ていった。

三重吉たちは筵に沈んだまま身じろぎもしない。おもわず眼差しを逸らすと、やはり木蓮の花が目に映った。白洲の脇に植えられたもので、薄い紫の花弁を天に向け、いっぱいに広げている。

総次郎は声もなく、その花を見つめつづけた。ひどく喉が渇いていたが、動くことができない。淡い光が空からこぼれ、白洲のまわりをほの明るく照らし出していた。

# 六

「では、今のところつつがなく勤めおるのじゃな」

草壁左太夫は相手の盃《さかずき》に酒を満たしながらいった。恐れ入ります、と律儀に礼をして受けた小宮山喜兵衛が、ひとくち含んでからうなずき返す。

「不幸中の幸いと申しましょうか、このところ大きな事件も起こっておりませぬゆえ、お勤め始めとしては時宜を得ておりまいた」

ま、運も徳のうちよ、とうそぶいて左太夫も盃を干す。天之河《あまのがわ》という気に入りの銘柄だが、熱く甘い喉ごしが堪えられなかった。

奉行を務めていたころ、いささか目をかけてやったのを恩ととらえているらしく、隠居してからも喜兵衛は折にふれて左太夫を訪ねてくる。料亭の離れに居を移したときはそうとう驚いたようだが、それで接し方が変わったということもない。ただ、〈賢木〉では喜兵衛も居心地が悪かろうと、左太夫のほうで気を利かしてべつの店に連れ出すのが常だった。

柳町の総門近くにある、〈壮《そう》〉という一膳飯屋の小上がりである。何の変哲もないうらぶれた構えだが、先ごろ倅に店を譲った親爺がうまい肴《さかな》をつくる男で、若いころから時おり通っているのだった。わざわざ由来を聞いたりはしないが、親爺は壮太《そうた》といったはずだから、店の名もそこから取ったのだろう。

総次郎が町奉行となってから半月ほど経つが、その間奉行所に持ち込まれたのは、隣人どうし、貯めた金を盗った盗らぬの食い違いや町年寄の手に負えなくなった長屋の立ち退《たちの》き騒ぎ、酔った職人同士の喧嘩沙汰といったところらしい。その都度、おもに喜兵衛の教導を受けながら、大過なく裁きを下しているようだった。

「最初のお白洲では、ずいぶん苦い思いをなさったようですが」

職人夫婦と遊び人の揉めごとを言っているらしい。結局は偽りの訴えをしたということで女房のほうが咎めを受け、遊び人は亭主に引っ越し代を出させて、べつの長屋へ移っていった。その日のことを思い出したのだろう、喜兵衛が沈痛な面もちを浮かべたが、

「とはいえ、誰かが死ぬたぐいの裁きでのうて、よかった」

あえてかるい調子でいなし、鰆《さわら》の焼き物をつつく。塩加減がちょうどよく、つい二口三口と箸を進めてしまった。いまの店主は三十なかばというところだが、父親の仕込みがよかったのか、味は落ちていない。

気がつくと、喜兵衛が面を伏せ、こっそり含み笑いのごときものを浮かべている。左太夫は顔をしかめ、わざと咎めるように声をかけた。

「何ぞおかしいことでもあったか」

「いえ」こんどははっきり破顔し、唇《くち》もとに盃をはこぶ。「それほどご心配なら……」

「隠居した身で、口出しなどしてたまるか」

みっともない、とつぶやき、ことさら乱暴に鰆の身をむしった。相手は肩を揺すりながら、天之河を干している。二人して、しばらく無言のまま酒を呑んでいたが、やがて喜兵衛が、前にもそう仰せでございましたな、といった。口籠もっていると、

「それにしても、お奉行……いや、藤右衛門さまはいったい」

ひとりごつ体で語を継ぐ。ほんとうはもっと早くこのことを口にしたかったのだろうが、まずは奉行所をふだんどおり動かしてゆくのが先決である。どうにか滑りだしたのを見極め、ようやくことばにできたということらしかった。

そうさな、とおもい声で応えて頰のあたりを掻く。胸奥で瘡蓋《かさぶた》の剝《は》がれるような疼《うず》きが走った。倅の蒼白い面ざしが瞼《まぶた》の裏で明滅する。

どことなく酒まで苦くなった心地がした。喜兵衛もそれ以上ことばをつづけようとはしない。土間に詰め込まれた卓では町人や足軽が盛んにくだを巻いており、喧騒のなか、ふたりはひっそりと盃を重ねつづけた。

店を出たころには、辺りがすっかり生ぬるい闇に覆われている。のぼりはじめた月が、つめたく足もとを照らしていた。

「ではな」

と告げて踵をかえす。喜兵衛もふかぶかと腰を折り、朱の色に塗られた楼門の方へ足を向けた。〈賢木〉は柳町でも奥まったあたりだから、腹ごなしの散歩にはうってつけというところである。

まだそれほど遅い時刻でもないため、通りを行き交う人影は途切れる気配もない。男も女も、どこか浮き立つような足どりで、はためく暖簾の奥に吸い込まれていった。

あまく湿った花の香りを孕んだ夜気が匂い立ってくる。わけもなく吐息をついた左太夫の足が、次の瞬間、動きを止めた。

五間ほど向こうで白く閃くものが目に飛び込んできたと思うと、なにか撓《たお》れるような音が耳朶《じだ》を震わせる。路地からあらわれた編笠の人影が、ひとり歩んでいた町人に斬りつけたのだった。あまりの素速さに、悲鳴さえあがらない。周囲に騒ぐ声が起こったのは、町人の懐中をさぐっていた影がこちらに向き直り、総門の方を指して駆け出してからである。

刀身を拭った懐紙を放り捨てながら、編笠の男が迫ってくる。左太夫はとっさに腰のものへ手を這わせたが、抜くよりも速く、黒い影がかたわらを擦りぬけていった。まるで人ならぬものが兇刃《きょうじん》を振るい、そのまま彼方へ消え失せてゆくような心地に見舞われる。振りかえったときには、幅の広い編笠が月光を払いのけ、闇に溶け込んでゆくところだった。

大刀の柄を握りしめた拳が、不覚にもかすかな震えを帯びている。抜いていればやられていたかもしれぬ、と思った。

今ごろになって、ようやく叫喚の渦が柳町の大通りを広がっていく。左太夫は、斬られた町人の方へ小走りに近づいていった。ながく町奉行をつとめたとはいえ、目のまえでひとが斬られるところにそうそう出くわすわけもない。六十余年の生涯で、きょうが二度目に過ぎなかった。

人垣を分け、倒れている相手をあらためる。三十半ばとおぼしき町人だった。それなりの生活《たつき》をしているのだろう。まとった羽織は大島のようだったが、胸元で斬り裂かれている。そこから勢いよくどす黒いものが吹きだし、あたりに血だまりを作っていた。

──やはり、だめか。

おのれへたしかめるようにかぶりを振る。垣間見ただけの太刀筋だが、予想どおり一刀で仕留めていた。

いかがなされました、と呼びかける声が背後から近づいてくる。騒ぎに気づいて引き返してきたのだろう、聴きなれた響きは、小宮山喜兵衛のものに違いなかった。

# 灯火《ともしび》

## 一

やけにしらじらとした日ざしが、路上に残った血だまりを照らし出している。心なしか、生ぐさい匂いが鼻先に漂ってくるようだった。

草壁総次郎は編笠の下で唇を結んで、同心たちが立ち働くのを見守っている。江戸町奉行所の同心は髪型も八丁堀銀杏《はっちょうぼりいちょう》と呼ばれる独特なもので、無紋の羽織に着流しと定められているらしいが、神山のような田舎の藩では、つねの役人と変わるところがない。知らなければ、ただの平藩士にしか見えないだろう。

場を仕切り、あれこれと指図を下しているのは、筆頭同心の沢田弥平次《さわだやへいじ》である。三十前後という年配だが、若手の中心というべき遣り手で、お調べなどでも目覚ましい働きをあげていた。奉行となってほどない総次郎から見ても、たのもしい勤めぶりと思える。いまも眉ひとつ動かさず、骸《むくろ》をあらためていた。気づいたことをいくつか告げているらしく、かたわらに控えた若い同心が帳面に書き留めてゆく。

検《あらた》めはじき終わったらしく、目明しとおぼしき男たちが、じゃよろしいですか、と念を押した。沢田がうなずくと、二人がかりで骸を戸板に載せ、掛け声をあげて持ち上げる。残った者が桶の水をそろそろと血だまりにかけた。赤黒いものが溢れ出し、周囲を浸すように広がってゆく。取り巻いていた野次馬も気がすんだらしく、三々五々といった体で立ち去っていった。

町奉行がいちいち現場に出向くことなど、ふつうはないし、父もそうしてはいなかったはずだが、祖父の左太夫がしばしばそのように振舞っていたとは聞いている。望みに望んで就いたお役ではないが、総次郎にもやはり気負いというものがあり、ここは自分も出張るべきだろうと考えたのだった。

とはいえ、同心や目明したちの戸惑う気配が痛いほど伝わり、どうにも居心地がわるかった。考えてみれば無理もない。祖父が隠居して十年ほど経っている。現場にあらわれる奉行というものを覚えている人間も少なくなっているはずだった。

――よけいなことをしたかな。

柳町へ行くといったとき、小宮山喜兵衛はひどく嬉しげにしたが、みながみな上役の意気込みを歓迎するわけではないらしかった。さすがに沢田は嫌な顔ひとつ見せぬものの、父の代になってから出仕したはずゆえ、内心の当惑は同じかもしれない。

「では、番屋のほうへ」

当の喜兵衛が、ささやき声で告げる。奇貨というべきか、昨夜事件に出くわしたのはこの男だった。遺骸はひとまず近くの番屋にはこばれ、医師のあらためを受ける。下手人が持ち去ったのかもしれぬが、身元が分かるようなものは見当たらなかったという。検屍《けんし》のほうは結果を聞けばいいことだから、今さらおのれが出向く要もないが、ここまで来た以上、当然立ち寄るものと喜兵衛には思われているらしい。本音をいえば、仔細に骸を見るのはもうしばらく先にしたかったが、黙ってついていくことにした。

先導され、おもむろに歩を進める。残って聞き込みをするらしく、沢田をはじめとする同心たちが低頭し、総次郎を送り出した。どこかほっとしたような空気が漂ったと感じるのも間違いではないだろう。

朝もはやい時刻だから、開いている店は一軒もない。野次馬は残らず散り、どの軒先にもまだ暖簾はかかっていなかった。うそ寒さを覚えるほどひっそりとした空気が大通りを流れてゆく。

そのなかを歩んでゆくと、

――おや。

呑み屋とおぼしき構えの軒先にたたずむ人影がある。編笠姿の武家と見えたから、喜兵衛の話を思い出して、つかのま身がまえた。が、すぐに見なれた軀《からだ》つきだと分かる。同時に、

――ああ、そうか。

と腑に落ちる思いがした。軒先にいるのは、祖父の左太夫にちがいない。喜兵衛によると、昨夜柳町へ呑みに来て騒ぎに出くわしたらしいが、つまり左太夫に会っていたということだろう。

――いまも時おり、お祖父さまとつなぎを取っているのだな。

かすかに面白くないような心もちが胸をかすめたが、ふたりの付き合いが長いのは承知しているから、じきどこかへ消え去ってゆく。孫のことが気になって様子を見に来たのだとすれば、日ごろ素気なく振舞いたがる祖父の一面を見たようで、唇もとに笑みさえ浮かびそうになった。

——だが……。

脳裡をよぎった考えに、足が止まりかける。それは祖父と孫だから、いえることなのかもしれなかった。

## 二

気づかれたことは孫の歩き方で分かっている。総次郎と喜兵衛のうしろ姿が見えなくなるのをたしかめ、左太夫は呑み屋の軒先を離れた。まっすぐ〈賢木〉へ戻る気にもなれず、しばらく足にまかせて柳町のなかをそぞろ歩くことにする。朝がたならではの冷ややかさをふくんだ風が頰を撫でていった。

いまだ現場で立ち働く者たちのかたわらを通りすぎる。中心になって動いているのが沢田という男だろう。面識はないが、喜兵衛の話によく出てくるから察しがついた。水で流されたはずの血だまりは、鈍い光を浴び、いまだどす黒い色をたたえている。

むろん総次郎に気づかれていけないわけもないが、なぜかばつが悪かった。孫を案じてようすを見にきた、と言われれば否みようもないが、そういう年寄りではない、といいたい心もちがはっきりとある。どこか肉親の情に溺れることを恐れる気分が、長年かけて身のうちに巣食っているのだった。

知らぬものはさいわいだが、盗みも殺しもなかば以上は血のつながった同士のあいだで起こる。そのことに気づいたのは奉行となって何年かあとで、当時左太夫の教導役だった年かさの与力は、やりきれぬというふうにこうべを振り、

「血のつながりあるがゆえに、おのおのの我が、より剝き出しとなるのでございましょう」

と告げたものである。すでにいくつも凄惨な事件を目にしていたから、うなずくしかなかった。

薄く伸びた雲をやぶって時おり朝日が差しこんでくる。いつのまにか見覚えのない一郭に迷いこんでいたが、〈賢木〉といえば、知らぬ者もない老舗である。いよいよとなれば、だれかに道を問えばいいだけの話、と肚を据え、そのまま歩みつづけた。

親には孝、などと孔子《こうし》さまはのたまうが、たとえば悪鬼としか呼びようのない者でもさようあるべきか。町奉行在職のみぎり、そうした疑問はたびたび浮かんだが、答えが出るわけもない。むろん、相手が子の場合でも同じだった。

当たり前のことだが、親も子ども選べるわけではない。武家の場合は連れ合いまでふくめてそうだろう。まるで富籤《とみくじ》ではないかと思うが、ゆえにこそ家というものは心を砕かねばまとまらぬに違いない。一国の政《まつりごと》となんら変わりなかった。

そこまで分かっていながらなお、血のつながりというものを憚る心もちが、どこか拭えぬまま

でいる。名判官などと持て囃されはしたが、ひとの醜さを見つづけることにいささか疲れたのかもしれなかった。

雲雀《ひばり》とおぼしき啼き声が頭上から降ってきたが、面をあげるのは億劫だった。耳の奥をくすぐるような囀りも、いまは場違いと感じる。われに返ってあたりを見回すと、やみくもに歩いていたつもりが、いつの間にか〈賢木〉の近くまで戻っていた。

おそらくここを右に曲がって、と見当をつけ通りに出ると、十間ほど向こうにそれらしき屋根が望める。そぞろ歩いているあいだにも日は昇ることを止めず、黒くかがやく甍の向こうから、淡く柔らかな光が差しこんでいた。

それほど多くはないが、朝帰りらしい町人や武家が幾人か、左太夫と反対の方角を向いて歩いている。総門から帰路に就くつもりなのだろう。ふしぎなことだが浮かれた面もちの者は目につかず、皆いちように沈鬱な色を顔へ塗っている。極まれば遊惰《ゆうだ》も朝露のごとし、とうそぶきたくなった。

ゆったりした足取りで近づいてゆくと、じき匂い立つような緑に彩られた生け垣が目に入ってくる。その向こうで女将のはるが如雨露《じょうろ》を手にしているのは、庭の菫《すみれ》にでも水をやっているのだろう。女中にやらせればいいようなものだが、もともと草花の世話が好きなたちなのである。

あと五間ほどのところまで来て、こちらに気づいたらしい。声をかける前に、はるが小腰をかがめた。うなずき返していくぶん歩を速め、枝折戸を開けて庭に入る。日ざしを透かして見ると、女の目に不安げな色が浮かんでいた。すこし出かけてくると言い置いただけだが、昨夜の事件は耳に入っているはずだから、なにかしら察しているのだろう。

「大事ない。ひと通り片はついた」

ことさら何げない口調で告げた。ほっと息をついたはるは、まだ物言いたげにしていたが、気づかぬふりで離れへ向かう。すこしだけ一人になりたかった。

三

「なるほど」音立てて煎餅《せんべい》を齧りながら、日野武四郎がいう。「骸を思い出すと、煎餅などとても食えぬというわけだ」

「まあな」

うんざりした面もちで総次郎が応えた。

午後の日ざしが草壁邸の庭を照らし出している。ひときわ目を惹く花蘇芳《はなずおう》の梢から木洩れ日が差し、くっきりと濃い影を地に描いていた。時おり見かける黒猫が植え込みを掻き分けてあらわれ、我がもの顔で目のまえを横切っていく。濡れ縁に坐すふたりには気づいているようだが、臆する気配もなかった。

屋敷はすぐ近所だが、武四郎とまともに会うのは半月ぶりである。非番を見はからって、向こうから訪ねてきたのだった。

とはいえ、用などあるわけもない。母の満寿が出してくれた茶と煎餅にありつき、

「おばさまは相変わらずおうつくしいですなあ。うちの母が、満寿どのはいったい何を召し上がってああなるのかと、ふしぎがっておりましたよ」

調子のいいことを並べ立て、たいしたことを話すでもなく長居するだけである。が、いまはそれがありがたかった。藤右衛門の姿が見えぬのは前々からのことで、怪しみすらしないらしい。

「骸というのは、それほど後を引くものか」

武四郎が遠慮する気ぶりもなく問うた。総次郎は眉をひそめながら唇をひらく。

「いや、なにしろ傷口がこう抉《えぐ》れて――」

手でかたちをつくって説明しようとしたが、番屋で懸命に吐き気をこらえたことを思い出す。にわかに心もちがわるくなり、だめだ、勘弁してくれといって目を伏せた。さすがに相手もそれ以上、聞いてはこない。

柳町の往来で斬殺された町人の身元は、三日経ったいまも分かっていなかった。年齢は三十なかば、身なりからして、それなりにめぐまれた商家の者と思われたが、素姓を明かし立てるようなものは身につけていない。昼日なかであれば、商いにからんだ手荷物などを持っていたかもしれぬが、遊里へおもむくに必要なのは紙入れくらいだろう。下手人が持ち去ったのかどうか、これも見つかってはいなかった。

「似せ絵を描かせて高札場に張りだしたのだが、まだ届けがない」

片頬に手を当て吐息をつく。ああ見た見た、と武四郎が気安げな口調でいい、何か思いだした体で笑声を洩らした。訝しむような視線を向けると、

「いや、こういっては何だが、下手くそな絵だったな。あれでは、身内の者でも分からぬ。いっそ先生に描いてもらったらどうだ」

いかにも名案というふうに、ひとり合点して膝を叩く。

先生というのは、ふたりが通う影山道場の師匠だろう。藩侯の剣術指南をつとめるかたわら、道場をひらいて藩士やその子弟を指導している。代々甚十郎《じんじゅうろう》を名のっており、当代は四十を出たばかりの壮年だった。剣術もそうとう遣うがなかなかの趣味人で、江戸で修行したおり買い漁《あさ》った錦絵をあまた所持している。のみならず、気が向くと自分で筆を走らせることもあった。それらしく哲斎《てっさい》という号まで持っており、むしろ好んでそちらを用いている。

「だめだ」総次郎は顔をしかめて、かぶりを振った。武四郎が首をかしげながら、またひとくち煎餅を齧る。ぱりんと小気味よい音があたりに響いた。

「おれがいうのも何だが、遠慮することはない。むしろ喜び勇んで描いてくださると思うが」

「おまえは先生の絵を見たことがないだろう」渋面が深くなったのが自分でも分かる。「おれはある。天は二物を与えず、と見せつけられた」

それは残念だ、と笑って武四郎が茶を啜った。いつの間にか正面にまわった日ざしがまぶしいらしく、猫のように目を細めている。

「おれも一物くらいあれば、婿入り先もすんなり見つかるんだろうがな」

世間話めいた言いようで武四郎がひとりごつ。はっと息を凝らしたが、思いつめているような匂いは微塵もなかった。相変わらず他人事《ひとごと》めいた調子で、欠伸《あくび》さえ洩らしながらいう。

「もうちょっと腕をあげて道場でも継がせてもらうか」

江戸修行から戻っての遅い妻帯だったから、師匠にはいまのところ娘がひとりしかいない。たしかにこのままなら、婿を取って家を継がせるという話が出てこぬものでもないだろう。とはいえ、あまり気軽にいうので、今度は総次郎のほうが失笑した。肩からいくぶん力が抜け、ようやく煎餅を口に運ぶ。薄く塗った生醤油《きじょうゆ》がやけに香ばしかった。

「お嬢さんはまだ六つだぞ。奥方もひと回り下だし、男子が生まれぬと決まったわけでもあるまい」

「違いない」

言いざま、半分齧った総次郎の煎餅を小皿から取る。あ、と声をあげる前にぼりぼりと音を立てて食べてしまった。

「……行儀のわるいやつだ」

むっとした顔をしてみせたが、むろん本当に気をわるくしたわけではない。武四郎も、にやりと笑みをかえしてきた。

「煎餅くらい、うちでも出してやる。つぎの非番には遊びに来い」そこまでいって、いたずらっぽい口調で付けくわえる。「何なら今からでもいいぞ。奈美《なみ》も待っている」

奈美というのは武四郎の妹である。年子だから、幼いころは総次郎もまじえて、三人でよく遊んでいた。いまはさすがに無沙汰を重ねているが、屋敷もすぐ近くだから、むこうが習い事などで出かける折に会うと、挨拶くらいはかわすことがある。

「べつに待ってはいないだろう」素気ない声で返すと、武四郎が意味ありげな含み笑いを浮かべる。どことなく落ち着かない心もちとなり、慌しげに腰をあげた。

「どうかしたか」

まだ唇もとに笑みを残して武四郎がいう。総次郎は庭のほうへ目を向け、いくらか差し迫った声でつぶやいた。

「話が出て、急に思いついた」眉を寄せ、自分へ言い聞かせる体で告げる。「先生に会ってくる」


ずいぶん長い無沙汰を重ねた気がするが、半月あまりしか経っていないから、影山道場のようすには目につくほどの違いも見当たらない。竹刀《しない》の打ち合う音が休みなく響き、師範代の叱咤がそれに混じっていた。顔なじみの門弟たちがどこか眩《まばゆ》げにこちらへ眼差しをそそぐのが面映《おもはゆ》くもあり、居心地わるくもある。町奉行という名乗りが加わっただけで、ひとの見る目は変わってくるものらしかった。

総次郎は道場の奥に坐し、師の影山哲斎と向き合っている。武四郎も誘ったが、今日はもともと休むつもりだったからいい、とあっさり断られた。隅のほうに目をやると、十歳前後と思われる少年が三人、ぎこちない素振りを繰りかえしている。知らない顔だから、自分と入れ違いにはいったのだろう。変わらないように見えて、まったく同じということはないのだなと思った。

総次郎の視線に気づいた哲斎が、

「おととい入った童どもよ」

といった。「あちらから壮平《そうへい》に堅吾《けんご》、慎造《しんぞう》……みな筋はよさそうじゃ」

「楽しみですな」

と応えたものの、われながら上の空な言いようになった。師が苦笑を嚙み殺して問う。

「父上は達者か」

「ええ……はい」

おもわず視線が泳ぎそうになったが、かろうじて堪えた。とうぜん父が隠居したことは知っているが、行方をくらましたなどとは思うはずもない。草壁家は代々影山道場へ通う習いだから、父も若いころはここに足をはこんでいた。

「暇ならまた顔を出せと伝えてくれ。筋はいいのにもったいない」

後の方は半ばぼやくような独り言になっていた。父と師匠は同じような年ごろだから、それなりに付き合いもあったらしい。とはいえ、自分が物ごころついたころから、父が道場に通っているのは見たことがなかった。哲斎も、あえてその話をつづけはしない。

「一本立ち合うか」

ふと思い立った体で問われたものの、

「申し訳ございません、ほんじつは役向きの話で」

つい辞退してしまう。そのことばに嘘はないが、腕がなまっているのではという恐れがあったのもまことだった。鍛錬を欠かしているつもりはなくとも、道場に通っていたころとおなじにはいかぬだろう。半月とはいえ、分かるひとには分かるはずだった。師にすまぬような心もちを覚えたが、もともと鷹揚《おうよう》なひとだから、しつこく勧めてくることもない。

「では、その話を聞くとしよう」

哲斎が落ち着いた口調で告げる。

「じつは」総次郎は居住まいを正していった。「さる骸の傷口を見ていただけないでしょうか」

それなりに予想はしていたが、番屋役人のうろたえぶりはこちらが気の毒になるほどだった。いきなり奉行その人があらわれたのだから無理もないが、やはりむずかしいものだと内心で吐息をつく。

武四郎との遣り取りで道場の話が出たおり気づいたことだが、残された太刀筋から何らかの手がかりが得られないかと思い浮かんだのだった。筵を取り除けられた男の顔はおだやかとさえ見える。が、肌には濃く斑《まだら》になった染みがいくつもあらわれ、はっきりとした腐臭がただよっていた。明日か明後日には葬ろうとしていたらしいから、どうにか間に合ったというところである。

目を背けたくなったが、わざわざ師匠に出向いてもらったのだから、そうもならない。哲斎はしばらく顋をおさえて考えこむ風だったが、やがてゆっくりと眼差しを上げた。面もちをあらため、重い声を発する。

「当流の斬り口……恐らくは、だが」

「――うけたまわりました」

呻《うめ》きともつぶやきともつかぬ声がおのれの喉から洩れる。このあと、ほかの道場も当たらせるつもりでいるが、家中のうち五分が三は影山道場の出だから、もともと目としてはいちばん大きかった。

「傷口が深い」今いちど瞳を凝らし、低めた声で哲斎が付けくわえる。「かなりの遣い手であろう」

しぜん人は限られてくる、とたしかめるようにつぶやく。その声が耳を素通りしていった。

骸のかたわらに、斬られた男の携えていた品がいくつか置かれている。とはいえ、紙入れなどの目ぼしいものがないことは、すでに聞いていた。

自分でもなぜか分からぬまま、目が吸い寄せられる。赤黒く染まった懐紙のそばに、小ぶりな根付《ねつけ》が並んでいた。おもわず身を乗り出している。

「どうかしたのか」

哲斎が訝しむような、案じるような声をあげる。総次郎は応えを返すこともできぬまま、掌に冷たい汗を滲ませていた。

# 四

目覚めたとき、床のなかで、さて今日は何をしようかと考えるのが、いまは左太夫の習いとなっている。町奉行を務めているときはむしろ逆で、おのれを急かすように起き上がった。顔を洗う間ももどかしく、あれもこれもやらねばならぬと数えあげていたのである。

——いまは、やることを探さねばならぬ。

いささか自嘲気味に唇を歪めてみるが、それが隠居というものだと分かってもいた。素振りは欠かさぬものの、終日できることでもない。日いちにちとは言わぬまでも、年ごとに木刀を振れる回数も少なくなっている。

書物は好きなほうで、屋敷からまとめて運んでもきたが、さすがにどれも十回以上読めば充分だった。勝手に藩校の書庫を漁るわけにもいかぬし、神山のような田舎の藩では、なかなか新しい本も入ってこない。

縁側に出ると、女中頭のお咲が盥《たらい》と手拭いを持って近づいてくる。礼をいって受けとり、やわらかな日ざしを浴びながら顔を洗った。

「躑躅もおしまいになってしまいましたね」

手拭いを使っていると、お咲が庭の一隅に目を向けながらいった。しばらく前まで咲き誇っていたとりどりの花弁も、いまは名残りすらうかがえず、植え込みの緑だけが濃さを増してつらなっている。

出かける用がなければ寝衣《しんい》のままでも不都合はないが、さすがにそれはまずいと思っている。居室で着替えようとして立ち上がると、それと察したお咲が、お手伝いいたしましょうかといった。

「今日はよい」

とだけ告げてなかに入る。冬のあいだは部屋のうちまで深く差しこむ日ざしも、そろそろ縁側で止まる時季となっていた。家というのは、うまくできているものだと思う。

衣を替えてしばらくすると、女将のはるが朝食の膳をはこんでくる。片づけた布団に目をすべらせたのは、ご自分でなされずとも、といいたいのだろう。が、すでに何度も左太夫と、

「まあ、居候ゆえこれくらいは、な」

という遣り取りを重ねているから、今さら蒸し返すことはしなかった。部屋の中央に膳を置き、向かい合わせのようにして腰を下ろす。鰆の焼き物と豆腐の味噌汁に麦飯が添えられていた。隠居したからもういいようなものだが、当主は毎朝麦飯を食えというのが草壁家の家訓で、いつの間にかすっかり馴染んでしまっている。それを知っているから、〈賢木〉でも気を利かせて出してくれるのだった。

はるがよそってくれた飯椀を受けとり、さっそく箸を伸ばす。かるく噛むと、粘り気のある香ばしさが口のなかいっぱいに広がった。歯ごたえもちょうどよく、白い飯は柔らかすぎるように感じてしまうのだから、慣れとは恐ろしいものである。藤右衛門は麦飯をいやがりつづけていたが、総次郎はどうなのだろうと思った。

しばし上の空になり、箸がとまっていたらしい。はるが案じるような眼差しとなっているのに気づいた。

「いや、先だっての騒ぎがすこし気になっての」

いくぶん言い訳じみた口調になったが、嘘というわけでもない。事件そのものか、それをあつかう孫のことかは自分でも判然とせぬが、いつも頭の隅に引っかかっているのだった。もうとっ

くに奉行ではなくなっているのにと思うが、現場に出くわしたのだから仕方ないともいえる。

焼き物に箸をつけ、身をほぐす。鰆には薄く味噌が塗ってあり、脂の乗った味わいをいちだんと深めていた。老舗の料亭だけあって、賄《まかな》いの食事もおろそかにはしていない。塗られた味噌は甘さが際立っているように感じた。汁の方はむしろ塩味が利いているから、わざわざ違う味噌を使っているのだろう。

いそいで掻きこんだわけではないが、さほど刻も費やさずに食べ終える。いつになく黙りがちだったことも大きかった。はるも無理に話しかけてくる女ではない。が、茶をそそぎながら、ふと思い出したという体で問うた。

「――今年はいかがなさいますか」

「行こう」

即座に応えていた。むろん、なんのことかは分かっている。こういう遣り取りも毎年の習いといってよかった。

はるが膳を持って下がってゆくと、庭先を微風が通っているのに気づく。春らしい穏やかな大気が、緑濃い葉叢をそよがせていた。座敷にまで若い芽の匂いが流れこんでくる。

その香りに誘われるような心地で縁側へ出る。昼食に来る客もいるから、仕度をはじめているのだろう。母屋の方が少しずつ賑わいを加えているようだった。

目のまえに聳《そび》える松の梢を擦りぬけ、額のあたりにまばゆい光が降りかかってきた。やわらかな日ざしのなかに、どこか夏の萌《きざ》しを感じさせる勁《つよ》さがふくまれている。で、きょうは何をしようか、と今いちど左太夫は思いをめぐらせた。

## 五

すでに深更《しんこう》と呼べる時刻になっているのだろうが、目は冴えるいっぽうだった。床に就いてかるく一刻は経っているだろう。勤めのある日は引きずられるように訪れる眠りが、今夜は兆しさえ感じない。明日はいつも通り勤めに出ねばならないが、眠れぬことが焦りを呼び、いっそう頭が冴えるという嫌な巡りに入っていた。

寝返りを打つのにも飽いて、総次郎は床のうえに半身を起こした。行灯《あんどん》は消しているが、障子戸に降りかかった月光が室内をほの明るく照らしている。夜具の白さまで目に飛びこんでくるようだった。それでいて部屋の隅には光の届かぬ暗がりが蹲《うずくま》っており、さまざまな影が重なりあって渦を巻いているように感じられる。

骸のかたわらにあった小さな根付が何倍にも大きさを増して眼前に迫ってくる。身元を明かすものはなかったと聞いていたから、実物の所持品を目にするのは今日がはじめてだった。

黒漆の地に象嵌《ぞうがん》で刻まれた藤の意匠が頭から離れぬ。はっきり覚えているわけではないが、父の藤右衛門が好んでそのような柄の根付を身につけていた気がする。

――だから、どうだというのだ。

胸の裡《うち》で広がりそうになった雲を懸命に払いのける。それでいて、父の筋はよかったという哲斎先生の言が耳から消えなかった。

——そんなことも知らなかったな。

あらためて、藤右衛門との間にあるへだたりを突きつけられた気がする。自分が幼かったころはともかく、ある時期から父は、だれもまわりへ寄せつけぬふうな空気を発するようになった。今おもえば、それは町奉行というお役に就いたころと時を同じくしていたのだろう。

よく笑うひとだったはずが、暗い面もちをたたえることが多くなり、口数もめっきり少なくなる。ときどき、中庭で憑《つ》かれたように素振りを繰りかえしていたが、その姿を目にするのはどこか恐ろしく、出くわすと足早に通りすぎるのが常だった。祖父が家を出たあとは、もはやどうしていいか分からず、できるだけ父と向き合う機会を避けて暮らしていたように思う。おそらく母もそうだったはずである。

長いこと床のなかで息を凝らしていたが、あきらめて腰を起こす。寝衣のまま縁側へ出ると、妙に生ぬるい大気が押し寄せてきた。どうにも落ち着かなくなり、そのまま歩き出す。

足をすすめると、板張りの床が軋《きし》むような音を立てる。満月を三日ばかり過ぎた月の光はまだ充分につよく、つめたい輝きがいくらかなりと火照《ほて》りを醒《さ》ましてくれるようだった。

縁側からまわって、屋敷の奥に入り込んでゆく。女中や下男たちもすっかり寝こけているのだろう。廊下を歩んでいても、だれかの気配を感じることはなかった。一歩ずつたしかめるごとき足どりで進んでいく。

総次郎は息を呑みこんだ。行く手にわだかまった闇がわずかに裂け、うっすらと白い筋が、こちらに向かって伸びている。触れれば切れてしまうとでもいうように、その線を避けて壁に身を寄せた。

光が洩れてくるのは、父の書斎からだった。あまり屋敷には居なかったひとだが、たまには持ちかえった執務をここでこなすこともあったのである。

失踪の手がかりが、どこかに残されているかもしれぬ。寝つけぬままに、父の部屋を検めてみようと思ったのだった。ここにくだんの根付が残されていれば、なんの懸念もなくなる。

が、常ならぬ時刻に、その部屋からひと筋流れ出しているものがある。灯火と見て間違いなかった。

腰をかがめて襖の隙に目を当てる。指一本ぶん開いているかどうかというところだから、瞳に映ったものが何なのか、分かるまで少しかかった。

ぼんやりと明るんだ部屋の中ほどに、背を見せた女の影が腰を下ろしている。やはり寝衣をまとったまま、身動きひとつする様子がなかった。かろうじて右耳のあたりがこちらを向いており、目鼻立ちまではうかがえぬものの、そのあたりの輪郭が目に留まる。

――母上……。

満寿に相違なかった。膝を崩して横座りになったまま、面を俯けている。よく見ると肩がかすかに揺れていたが、泣き声ひとつ立てはしなかった。

――なぜ、このような時刻に。

とは思わぬ。おのれと同じく、眠れぬまま夫の部屋に来てしまったのだと察した。母の思いまでは知りようがないものの、子である自分とは比ぶべくもないほど、夫の影に向かって、なぜと問いたい気もちがあるだろう。あるいは、幾度もこのように夜を過ごしているのかもしれなかった。

おもい吐息が喉の奥でこぼれる。そろそろと膝を起こし、音を立てぬよう気をくばりながら踵をかえした。鈍い痛みが胸の裡に刺さるのを感じている。

今さらというほかないが、二十年連れ添った夫がとつぜん行方を晦ましたのである。息子以上の惑いと不安を抱えているはずだった。いっぽうおのれは、お役目に向き合うだけで日々が過ぎ、母の心もちを慮《おもんぱか》れなかったのである。止むを得ぬことと片づける気にはなれなかった。

——あのひとなら、どうするかな。

ふいに左太夫の面ざしが、行く手の闇に浮かび上がってきた。引きずるように歩み出しながら、拳を握りしめる。無性に祖父と話がしてみたかった。

# 行き違い

## 一

日が昇ってそれほど刻も経っていないが、すでに朝の光が三和土まで差しこんでいる。白く浮かんだ筋のなかで、ひどく細かな塵《ちり》が躍っていた。

まるで生きている虫のようだ、と思いながら総次郎は草履に爪先を入れる。昨夜、母の姿を目にした後、ろくに眠っていないから、頭の芯に重さが残っていた。

その満寿は、何ごともなかった体で見送りに立っている。女子《おなご》というは、見せている貌《かお》だけでは分からぬものらしい。不憫《ふびん》でもあり、どこか畏れもするような心もちが湧くのを抑えられなかった。

ちょうど小宮山喜兵衛があらわれたので、母に一礼して表へ出る。

「お気をつけていらせられませ」

という声も、ふだんと変わるところがなかった。玄関の外に出ると、あざやかな紫の花が目に飛び込んでくる。垂れかかる藤の房が、やわらかな輝きを浴びて浮き出していた。

奉行所へ着けばいやでも報告せぬわけにいかない、ということだろう。今朝にかぎらず、よほど差し迫ってでもいなければ、喜兵衛はみちみち勤めの話をしようとはしなかった。こちらは気負いもあるから、少しくらい構わぬのにと思うが、それをしていては長く保《も》たぬということなのかもしれぬ。昨日きょう始めた者と何十年つづけている者とでは、勤めへの対し方も異なるのが道理だった。

甲高い啼き声が耳に留まって面を向けると、鳶《とび》が空の低いところを飛んでいた。外で弁当を食べにくい季節になったな、というと、喜兵衛がにこりと笑みをかえす。

「それがしは、毎年なにかしら取られます」

懲《こ》りもせぬことで恥ずかしゅうございますが、といって茶色い翼のほうを見上げる。その声が聞こえたわけでもあるまいが、いくぶん高いところへ上ったらしく、鳥の影は小さくなっていた。

他愛ない世間話を交わしながら奉行所に入ると、すでにまとまった量の書類が執務部屋の文机に置かれている。なるほど、着くまえから話していたら、うんざりしていたかもしれない、と思った。

奉行となってひと月近く経つが、町年寄の仲裁でおさまらぬあれこれが持ち込まれるのだから、正直いまのおのれには荷が勝つと感じることも多い。むろん柳町の事件は気になるものの、ほかの裁きも待ってはくれない。奉行所の役人はしばしば事件に軽重をつけがちだが、小さく見える騒ぎでも、渦中の者にとってはこれからの先行きを左右されるものだと最初の裁きが終わったあと喜兵衛が教えてくれた。

が、本日の裁きをたしかめようとする前に、

「ご無礼いたしまする」

ひと声かけて沢田弥平次が入ってくる。くろぐろと大きな瞳が、つねにも増してつよい光を放っていた。いかがした、と問うと、腰を下ろす間も惜しいといった風情で口をひらく。

「くだんの仏、身元が分かりましてございます」

「信濃《しなの》屋の……」

総次郎が反芻するようにつぶやくと、沢田が顎を引いた。今朝からにわかに湿気が増したせいだろう、額のあたりにうっすらと汗が滲んでいる。

「三番番頭の彦五郎《ひこごろう》と申す者にて」

簡潔に告げると、つづけてくわしい報告をはじめた。

信濃屋は藩の草創期からつづく廻船問屋で、神山城下屈指の大店《おおだな》だった。その番頭ともなれば、たんなる素町人とはいえぬ。身なりがよかったのも、もっともだろう。が、柳町の事件から十日が経っている。それだけ行方が分からなければ、店のほうでも騒ぎになっているはずだった。なぜこれほど刻がかかったのかといえば、

「――使い込み」

沢田の言を木偶《でく》のように繰りかえす。

彦五郎という番頭は、長年にわたって店の貯えから小金を掠め取っていたという。発覚したのはふた月ほどまえだが、つごう十両となるその金は慰労金代わりにして暇を出した。

行方知れずの届けが出ていない理由はそれで分かったが、慰労金代わりという話はずいぶん鷹揚だなと思った。だが、沢田によると、そう不思議なことでもないらしい。信濃屋くらいの大店にとって、十両という額は何ほどのこともない。表沙汰にして評判を落とすよりは、陰で片づけたいのだろうという。

「それにしても」総次郎が首をかしげる。「よく突き止められたものだな」

沢田が面映げに唇もとをほころばせる。そのまま、はい、昆布《こんぶ》の匂いが、といった。

遺骸をあらためた折、かすかに昆布の香りがただよっているのに気づいたという。煮売り屋・蕎麦屋のたぐいか廻船問屋と目星をつけたが、男の身なりからして後者の目が大きいと踏んだ。それらしい店を一軒ずつ訪ね歩き、ようやく信濃屋へ行きあたったのである。

「なんとも大したものだ」

おもわず感嘆の声を洩らしたが、小宮山喜兵衛はうなずきながらも溜め息を洩らす。

「身元が明らかとなったは重畳《ちょうじょう》じゃが……なぜ斬られたのかは、相変わらず分からぬままだな」

沢田がはっと面を伏せ、おのれへ言い聞かせるように告げる。

「恐れ入ります……紙入れが残っておりませなんだゆえ、物盗りの線が濃いとは存じますが、引きつづき探りまする」

頼んだぞ、と発した声が、我ながらか細いと気づく。沢田はいちど低頭して膝を起こすと、気ぜわしげに部屋を出ていった。

障子戸の隙間から光が差しこみ、おのれの膝先を照らし出している。濃い紺地の袴《はかま》が陽光に浮き上がり、やけに白っぽく見えた。少しずつ夏が近づいているのだろう、いつの間にか、喉の渇きを覚えている。それを紛らすように、

「沢田は鼻が利くな」

ぽつりとつぶやいた。

「戌《いぬ》年でございまして」

喜兵衛が何げない口ぶりで返す。不意を突かれ、つい大きな笑声を洩らしてしまった。老与力が微笑をたたえて、こちらを見つめている。

零《こぼ》れ出た笑いが、ふいに途切れる。総次郎は視線を逸らし、半ば以上白くなった喜兵衛の鬢に眼差しを据えた。

「わたしは気がつかなかった」

おなじ骸を見ていながら、ただよう生臭さに呑まれ、昆布の匂いなど微塵も感じなかったのである。手がかりを見つけてくるのは配下の仕事だといってしまえばそれまでだが、お役に就いたばかりの若造とはいえ、町奉行として迂闊《うかつ》というほかない。父もやはり、こうして臍《ほぞ》を嚙んだのだろうかと思った。

わけもなく三重吉夫婦の面ざしが脳裡をかすめる。偽りの訴えをした咎で、あの後おふでには

城下からの追放を命じねばならなかった。三重吉は女房についていったと聞いている。ご定法にしたがったこととはいえ、いまも胃の腑のあたりに重いものが残っているようだった。

「沢田はお役に就いて十年となりますゆえ……」

喜兵衛が眉尻を下げ、くぐもった声を洩らす。この老人を困らせるつもりはなかった。総次郎は唇もとをゆるめ、ことさら明るい声をあげる。

「まあ、見ていてくれ」人差し指でかるく自分の鼻先を示した。「わたしも戌年でな。これからは、せいぜい鼻を利かせるとしよう」

## 二

「戌年はよかったな」

磯に向けて釣竿《つりざお》を放りながら、左太夫がいった。はい、と応えた喜兵衛の声が、水面《みなも》の跳ねる音に掻き消される。

城下の北につらなる三郎《さぶろう》ヶ浜《はま》は奉行時代から気に入りの場所で、いまも時おり足を運んでは釣り糸を垂れたり、そぞろ歩いたりしている。ひとりで赴くことが多いが、〈賢木〉のはるや女中たち、男衆をともなうときもあった。今日のように、たまさか訪ねてきた喜兵衛を連れてくるのも、初めてではない。

ふたりの腰かけた小高い岩場が海と接するあたりは、黒く見えるほど深い青に沈んでいる。

が、沖のほうへ眼差しを飛ばすと、銀色のかがやきを散りばめた水面がどこまでも広がっていた。若布《わかめ》は少なくなったが、砂浜には無数の貝が転がり、打ち寄せる波に絶え間なく洗われている。鼻先に濃い潮の香りがただよっていた。

「――総次郎さまは、ようやっておられまする」

ぴくりとも動かぬ竿に痺れを切らしたころ、喜兵衛がおもむろにつぶやいた。

「重畳じゃ」

左太夫は海のほうへ向けた視線を逸らすことなく応えた。与力がかすかに吐息をついたのが分かる。そちらを仰ぐと、喜兵衛は童がいやいやをするように、かるく髷を振っていた。心中に抱えたものを持て余しているというふうに見える。

「どうかしたか」

わざと素気ない口調でいった。喜兵衛が気づかわしげな口ぶりでつづける。

「まことは日修館へお戻りになりたいのであろうと感じることがございます」

左太夫は、ふっと鼻先で笑い、握っていた竿を喜兵衛に向けて突き出した。戸惑いながら受け取った相手へ、

「今日はさっぱりかからぬ。しばらく替わってもらおうかの」

ぶっきらぼうに告げると、足もとの小石を拾って海の方へ投げる。放たれた礫《つぶて》は音を立てて汀《みぎわ》に落ち、じき小さな渦に呑みこまれていった。

「……望むままに生きられる者などおらぬ。そなたとて、そうであろう」

ややあってつぶやくと、御前《ごぜん》も、と声が返ってくる。皮肉というわけでもなさそうだが、苦笑が洩れるのを押さえられなかった。御前というのはむろん左太夫のことで、隠居したときから喜兵衛がそう呼びはじめたのである。大仰に聞こえるから好みではないし、当の喜兵衛も左太夫さまといってみたり色々だが、もう奉行ではないから、なかなか呼びようが難しいのだろう。

渡したとたん、竿の先がさかんに動きだしたものの、釣りに不慣れな喜兵衛はどうしたらいいか分からないらしい。引いてみせようかとも思ったが、すこし仕返ししてやろうと悪戯ごころが湧き、そのままにしておいた。いじわる爺《じじ》いじゃな、とひとりごつようにいうと、かつての配下を今いちど見つめる。ひとの好げな丸い瞳に、いつになく重い翳《かげ》が宿っていた。

「弟か妹でもおればな」

つられて、こちらも口調が渋くなった。喜兵衛が目を逸らさぬまま、うなずきかえす。

ながい下拵えの期間を経て藩校・日修館が産声をあげたのは、三十年ほど前のことである。もっとも、左太夫はすでに町奉行となっていたから縁がなかった。藩校を統《す》べるのは祭酒《さいしゅ》というお役だが、初代は、当時筆頭家老を務めていた家から出た人物と聞いている。政の手腕にも秀でていたというが、事故に遭って軀が不自由となり、日修館の差配に専念することとなった。熱を籠めれば上手くいくというものでもなかろうが、さいわい今では近隣諸藩が擁する藩校のなかでも一、二をあらそう名門となっている。

総次郎が学問に心を向けていたのは、むろん承知している。が、分かっていたところでどうにもならぬことは無数にあって、これもそのひとつだった。左太夫自身もそうだが、武士の役割は結句、家を伝えることに尽きる。ひとりひとりの幸も不幸も、すべてその上に成り立っているのだった。

黙り込んだ左太夫を、喜兵衛が案じ顔で見つめている。ようやく手を伸ばしてその竿を引き上げてやったが、餌はとうに食い切られ、魚の影さえ見当たらなかった。

「かかったら引け」

いくぶんむっとした声で告げると、老与力は恐縮した体で肩をちぢめ、うかがうように発した。

「せめて、御前が助《す》けて差し上げるわけにはいかぬでしょうか」

「また、その話か」

左太夫は顔をしかめ、餌をつけ替えると釣り糸を垂らした。ゆったり手首を動かすと、それにつれて白い糸が波を掻く。濃く青い水面にわずかばかりの泡が立ち、程もなく消えていった。黒い影が岩場を横切ったので目をあげると、頭上を鷹《たか》らしき影が経めぐっている。風にあらがって飛んでいるため、時おり中空で止まっているように見えた。

「隠居した身でしゃしゃり出るなど」

こころもち声が険しくなる。控えめながら喜兵衛が笑声をこぼした。咎めるような視線を向けた左太夫は、おもわず息を詰めてしまう。長い付き合いの与力は、むしろ沈痛といえるほどの面もちをたたえて、こちらを見守っていた。

「藤右衛門さまの折も、そう仰せでしたな」

喜兵衛がぽつりといった。責めるような口ぶりではなかったが、するどい痛みが胸の奥処《おくか》に刺さる。

「――なにが言いたい」

喉から尖った声が洩れる。それでいて、力が籠もっていないことにも気づいていた。いえ、と口ごもった喜兵衛が、意を決した体で面をあげる。日ごろ温厚な瞳に、いつになく強い光が宿っていた。

「手を差し伸べぬことこそ情け」老与力がひとことずつ、ことばを押しだす。「それがしも、さよう思うておりました」

左太夫は無言で顎を引く。風向きが変わったのか、急に磯の香りが強くなった。

「が、伸ばした手を取ってやればよかったのかと……近ごろさよう思う折が増えて参りました」

「富之介《とみのすけ》のことか」

つぶやくようにいって、目を伏せた。大気のそよぎで、与力がうなずいたと分かる。つづけて重く沈んだ声が、鬢のあたりに降りかかってきた。

「そして、藤右衛門さまのことでもございます」

三

「さようですか……」

自分でも、声に落胆の色が滲んだと分かる。上がり框に膝をついた〈賢木〉の女将はるが、お待ちになりますか、と気の毒げに聞いた。祖父を訪ねてきたのだが、釣りに出かけたという。すこし考えたものの、総次郎は結局こうべを振った。帰りを待つほどはっきりした用があるわけではない。きょうはこのまま引き上げることにした。

表へ出ると、柳町の大通りが零れるような夕映えに照らされている。勤めを終え、着替えてから来たので、日暮れも近かった。春はとうに盛りを過ぎ、いちにちごとに大気の湿り気が増している。梅雨のおとずれも、そう先のことではないだろう。

足早に遊里を抜け、朱塗りの楼門を望んだところで立ち止まる。どことなくこのまま帰りたくない気分があり、ひとりでこのあたりの店へ立ち寄ってみようかという気になったのである。

とはいえ、祖父はどうか知らぬが、構えだけで店の良し悪しなど分かるわけもない。周囲には目につくだけでも、十数軒の小料理屋や飯屋がならんでいる。どの店が旨いものを出すのか、見当もつかなかった。

「最初は外れることも多いが、数をこなしているうち、何とのう当たりが分かるようになってくる」

とは祖父の言だったが、それは勤めとておなじかもしれぬ。仕度もなく奉行になったわが身が、あらためて覚束《おぼつか》ないものに感じられた。

——まだ数さえこなせていない。

首すじのあたりにいやな汗が湧きだしてくる。振り払うようにして、目に留まった呑み屋の店先へ近づいていった。暖簾もかかっていないうらぶれた構えだが、入り口の腰高障子に〈さくら〉と大書してあるから、これが店の名まえなのだろう。当たりかどうか値踏みするすべもないまま手が動き、指先が戸にかかる。

が、ひといきに開けたつもりの障子は、かたりと音を立てただけで、相変わらず閉じたまま視界をふさいでいた。

首を傾げるより早く、

「――そちらさんは、五のつく日がお休みで」

右かたから声が響いてくる。面を向けると、三軒ほど向こうの店先で、三十なかばと見える男が暖簾を掲げながらこちらを見つめていた。

あらためて目のまえの戸口に視線を据える。〈さくら〉と書かれた障子の向こうには明かりひとつ覗いておらず、ひとの気配もなかった。休みというくらい端から分かりそうなものだが、それほど気もちにゆとりがなかったということだろう。照れ隠しのように男のほうを見やると、相手は鷹揚な笑みを浮かべながら、

「よろしかったら、お寄りになりますか……お侍さまのお口に合うかどうか分かりませんが」

さらりとした口調で呼びかける。店主とおぼしきその男に押しつけがましい気配は微塵もなく、しぜんと立ち寄ってみたい心もちになった。うなずいて、そちらの方へ近づいてゆく。

「とんだ客引きでございましたな」

唇をほころばせて男がいった。こちらも微笑でこたえて肩をならべると、どちらかといえば長

身のおのれより拳ひとつぶん背が高い。とくに鍛えているわけでもなさそうだが、雄偉《ゆうい》といってよい体軀をしていた。

招じ入れるように男が藍色の暖簾を掲げる。その隅には、〈壮〉という字がくっきりと染め抜かれていた。

# 四

留守中に総次郎が訪ねてきたと聞いたときは、どうにも巡り合わせがわるいと苦笑するほかなかったが、追いかけるには刻が経ち過ぎている。女将のはるが案じるような面もちを浮かべているから、なんとなく立ち寄ったという風には見えなかったのだろう。胸の奥ににぶい痛みが走るのを覚えた。

喜兵衛とはあのまま長いこと、とくべつなにか話すでもなく岩場に腰を下ろしていたが、あたりが薄暗くなってきたので引き上げたのである。別れたあと、行きつけの一膳飯屋にでも寄ろうかと思ったが、そういう気分でもなかったので、亀蔵の煙草屋を冷やかしただけで戻ってきた。

お食事はと聞かれたが、腹も空いていなかったので、すませてきたと嘘をついて履き物を脱いだ。客が増えてくる頃合いでもあり、はるも重ねて問うてはこない。離れの自室に入るや、明かりもつけず腰を下ろした。気の早い梟《ふくろう》がどこかで籠もるような啼き声をあげている。その響きが絶え間なく耳の奥に谺した。

のぼりはじめた月の光が、障子戸を嘗《な》めて部屋のなかにまで流れこんでくる。左太夫は坐したまま、畳を照らす白い筋にぼんやりと見入っていた。その蒼白さが、放っておいても倅の面ざしを呼びさます。無骨な岩のごとき輪郭が、闇のなかに浮かび上がってきた。

――なにを考えておるのか。

家族のだれにも覚《さと》られず仕度をしたうえ失踪する、などという小賢《こざか》しい芸当ができる男とは思ってもみなかった。おのれの眼《まなこ》も、そうとうに節穴だったらしい。

藤右衛門について芳《かんば》しからぬ噂がささやかれるようになったのは、奉行職をゆずって一年ほど経ったころである。左太夫は妻の静世とともに屋敷の離れへ引き移り、しごくゆったりした暮しを送っていたから、耳に入るのは遅かった。たまさか訪れる小宮山喜兵衛も、告げ口めいた仕儀になるのを気にして言いだせなかったのだろう。

噂とは、町奉行である倅が甚だしく勤めを怠るいっぽう、毎夜のごとく柳町に入り浸っているというものだった。はじめは一笑に付したが、じきまことだと分かる。嫁の満寿がおらぬところで倅に質《ただ》してみたが、

「それがしなどおらずとも、奉行所はまわっておりまする」

ひどく投げやりな口調で返され、二の句が継げなかった。皮肉にもというべきか、藤右衛門の言は的外れでもない。小宮山喜兵衛はじめ老練の与力や同心たちがよく励んでいたから、奉行はかたちだけ裁きをおこなえば済んだ。目立った失態もないのだから、上つ方から咎められることもない。

気になりながらも倅と話をする機会はとぼしく、放っておいたといっていい。藤右衛門のありさまを見かねた喜兵衛がとうとう左太夫の助力を乞うたときも、

「隠居した身でさようにみっともないことが――」

と退けてしまった。その実、勤めに夢中で親子らしい関わりの少なかった倅と、今さらどう向き合えばいいのか分からなかったのである。妻の静世が亡くなったあと屋敷を出たのは、居たたまれなくなったからというべきだった。

〈賢木〉は先代のころから付き合いのあった料亭だが、まさか転がり込むことになるとは思ってもみなかった。はるや女中頭のお咲をはじめとする皆の気遣いで心地よく暮らしているが、軀の芯に刺さった棘が抜けることはない。それどころか、日いちにちと痛みを増しているようだった。

あれほど耳を覆っていた梟の声が、いつしか止んでいる。左太夫は仰向けとなって固い畳に横たわった。まだあたらしい藺草《いぐさ》の匂いが鼻先をかすめる。頭上にうっすらと浮かび上がる天井は、どこまでも深い闇の色を湛えているようだった。

# 五

「今のところ、下手人に結びつく手がかりは見いだせておりませぬ」

沢田弥平次が浅黒い顔を悔しげにゆがめ、眼差しを落とした。小宮山喜兵衛がなだめるように

頷いてみせる。

——手がかり……。

藤の模様を刻んだ根付が頭の隅を過ぎった。彦五郎は葬られ、番屋で保管されていた品は奉行所の蔵に収められている。あの根付も例外ではなかった。父の顔を思い浮かべそうになって、あわてて脳裡から追い払う。

執務部屋から覗く中庭では、花菖蒲《はなしょうぶ》が霧雨を浴びている。濡れて色みを増した紫の花びらが、部屋のうちからでもはっきりとうかがえた。濃く湿った雨の匂いが鼻先まで流れ込んでくる。

柳町での事件から、すでにひと月が経ち、神山城下も梅雨に入っている。仏の身元は分かったものの、それ以上の進展はなかった。このままでは物盗りの所業とせざるを得なかったし、実際そうなのかもしれぬ。斬られたのが、たまたま信濃屋のもと番頭だったということも充分ありえた。

総次郎とて信濃屋の名を知らぬわけではなかったが、城下で随一の富商だとあらためて聞かされた。神山藩が日の本有数の大藩から分かれて成った折、信濃屋はあえてご本家の城下から居をうつしたという。神山領に天然の良港ともいうべき富由里《ふゆり》があるのに目をつけたからで、狙いはあたり、今では北前船の差配を一手に握っている。

信濃屋は、しばしば時の執政との癒着がささやかれてきたが、明るみに出たことはなかった。取り替えの利かぬ金蔓として重宝されつづけてきたのだろう。馘《くび》にした番頭のひとりやふたり、この世からいなくなったところで、なんの痛痒《つうよう》もないに違いない。

——いなくなったところで、か……。

暗い部屋で腰を下ろす満寿の姿が脳裡をかすめた。あれから後は、夜半浅い眠りから覚めたとき、母はきょうもあそこにいるのだろうかと考えてしまう。子の目から見てもどこかぎこちない夫婦だったが、ひとり夫の居室に座りこむ母の心もちを思えば、自分には分からぬ通い合いもあったはずである。人ひとりいなくなって、なんのさざなみも起こらぬわけはなかった。母だけでなく、おのれもその波に呑みこまれている。

心細げな母と子の姿が眼裏《まなうら》に浮かび上がる。それは満寿とおのれというわけでもなかった。強いていえば、この世にあるすべての寄る辺なき母子の像なのだろう。

「そうだ——」総次郎はいつの間にか俯けていた面を起こし、喜兵衛と沢田をかわるがわる見つめた。思ったより声が大きかったらしく、ふたりが何ごとかと訝しむような色を瞳にたたえて、こちらを窺う。総次郎は、相手の当惑にかまわず、膝をすすめて上体を近づけた。

「彦五郎と申す番頭に、妻子はおらなんだのか」

# 手

## 一

すこしお奉行らしい顔になられたかな、といって松崎道順《まつざきどうじゅん》が髭《ひげ》をまさぐりながら唇もとをほころばせた。

「いえ、なかなかもって」

むろん、そういわれて悪い気はしないが、面映さが先立ち、意味もなく頬のあたりを撫でまわす。道順は笑みをふくんだまま、黙ってこちらを見守っていた。

久方ぶりに藩校・日修館を訪れたのである。奉行への就任はにわかなことだったから、いまだ籍だけは残してあり、長期欠席というかたちになっている。道順は祭酒といって、藩校ぜんたいの運営に責を負う立場だった。松崎家はもともとお抱えの儒家で、初代の祭酒こそ当時の筆頭家老家から出たが、二代目からはこの家の世襲となっている。

中天からわずかに下がった陽光が、畳を白く浮き上がらせている。梅雨の晴れ間にしては、日ざしがやけにつよかった。この分では、真夏のおとずれもそう先のことではないだろう。心なしか、近ごろは鶯の声もめっきり遠のいた気がする。

ひとしきり藩校の近況を語ったあと、膝もとにおかれた茶を啜りながら、道順がひとりごつようにいった。

「そこもとがおられぬようになって、武四郎が始終つまらなそうな顔をしておる」

その顔が目に浮かぶようで、苦笑をこぼしそうになった。いつも一緒にいた相手が突然いなくなると、つっかえ棒が失われたふうな心地に見舞われるのだろう。おのれの方は、父の失踪後、お役に慣れるため精一杯で、そうした心もちを味わうゆとりすらなかったが、想像することはできた。

部屋のなかにまで湿った風が押し寄せてくる。べったりとした大気が肌に貼りつくようだった。

「——来ていたのか」

梅雨晴れの重苦しさとはそぐわぬ呑気な声が入ってくる。当の日野武四郎だった。不意打ちをくらったふうな面もちを浮かべているから、総次郎が来ていることは聞いていなかったのだろう。

「驚かせてやろうと思うての」

道順が笑みを浮かべ、かわるがわるふたりを見やった。苦笑した武四郎が、総次郎とならんで腰を下ろす。それを見届けると、道順はおもむろに膝を起こした。

「釈奠《せきてん》の仕度があるゆえ、さきに失礼する」

ゆっくりしていくとよい、とつぶやき、縁側に出る。燕《つばめ》が一羽、道順に寄り添うごとく庇《ひさし》の下を横切っていった。

釈奠とは孔子を祀る祭礼で、季節ごとにおこなわれる習いだった。中心となるのはやはり祭酒で、藩校は朱子学が柱となっているから、こうした催しは神山領にかぎらない。

総次郎は立ち上がると、一歩ずつ踏みしめるような足どりで縁先へ出た。額のあたりに浴びた陽光が、じわりと身の内へ染み入ってくる。

「――例の事件がことか」

背後から投げかけられた声に振り向くと、ふだんは過ぎるほど呑気な武四郎が、めずらしく真剣な面もちを浮かべている。よほど自分が難しい顔をしていたのだろう。総次郎は失笑をこぼしながら、まあそうだなとつぶやいた。

「くわしいことは話せぬが、ひと一人いなくなるとは、大変なことだと知った」

ことばを選びながら告げる。武四郎は無言のまま、うんうんと頷きかえした。むろん信濃屋の番頭・彦五郎のことだが、父を思い浮かべているおのれに気づく。にわかな静寂が部屋のなかを流れわたり、隅々にまで染みとおっていった。

ふいに時鳥《ほととぎす》とおぼしき啼き声が耳朶を震わせる。その響きへ釣られるように武四郎が立ち上がり、縁側まで出て総次郎と肩をならべた。

「近ごろ、暇で困っている」

武四郎が唐突にいう。小首をかしげてそちらを見やると、

「誰かさんもいなくなったし」

いたずらっぽい笑みをたたえて面を向けてきた。総次郎が問いをかさねるより早く、庭で咲く白い梔子《くちなし》へ告げるようにいう。

「とりあえず、ひさしぶりに一杯やらないか」

二

五年ぶりに訪れたわが家は、一見したところ、なにも変わっていないようだった。亡妻が丹精していた庭の芍薬《しゃくやく》が白や薄い黄の花弁を午後の日ざしに晒している。そうした色合いが妻の好みだった。いまは嫁の満寿が手をかけてくれているのだろう。三和土に立った左太夫は、

「――爺いが邪魔をしに来た」

こころもち声を張って告げた。式台に控えた若党は面食らっていたが、さすがに隠居の顔は忘れていなかったらしい。あわてて奥へ引っ込むと、すぐに満寿が姿をあらわした。いきなり戻ってきたのには驚いたようだが、左太夫の顔を見て安堵した気配がはっきりと伝わってくる。

「ようこそ、おいでくだされました」

上がり框に手をつき、挨拶する間ももどかしいといった風情で、奥の間へ案内する。廊下は隅々まで磨き抜かれており、綿埃ひとつ目につかなかった。感心もしたが、家を守らねばならぬ

という嫁の気負いが肌身にせまる心地もして、かすかに胸の隅が疼く。

手ずから淹れた茶を舅《しゅうと》のまえに置くと、満寿があらためてこうべを下げた。開け放たれた障子戸を擦り抜け、思いのほかつよい陽光が室内に差しこんでくる。まばゆさに目を細めていると、

「お閉めいたしましょうか」

満寿がうかがうようにいった。

「このままでよい」

左太夫はかぶりを振って応える。たしかにまぶしくはあったが、軀の奥から沁みこんでくるような熱が心地よくもあった。もう少しすれば、暑さに辟易することとなるだろうが、まだそれほどでもない。肌にまとわりつく湿気も、今はかるく感じられた。

「総次郎は」

なにげなく問うと、

「非番で藩校に参っておりまして」

満寿が申し訳なさそうにいった。使いをやりましょうか、というのをとどめて、ひとくち茶を啜る。先だってはこちらが留守にしていたし、なかなか時宜が合わぬと苦笑を洩らしそうになった。庭へ視線を遊ばせ、日に透ける芍薬の花びらを見るともなく見つめる。ふっと息をつくと、それが合図ででもあったかのように満寿へ向き直り、畳に両手を突いた。

「すまなんだ」

言いざま、ふかく腰を折る。「倅が、いこう心痛をかけたの」

下げた頭の向こうで息を呑む気配が起こった。と思う間に白くながい指が伸び、

「――おやめください」

左太夫の手を押し包んで畳から引き上げる。触れ合った指さきから、嫁の温もりが流れこんでくるようだった。

「夫婦《めおと》のことは」満寿が声を震わせる。「どちらかだけの咎であろうはずもございませぬ」

面をあげた左太夫は、嫁の手をやわらかくほどくと、あらためて向かい合った。

息の熱さが分かるほど近くで満寿の面を見つめる。三十も後半になったはずだが、肌理《きめ》のこまかい肌には染みひとつうかがえなかった。十八で嫁いで来たころのままとは言わぬまでも、十ほど齢下と告げても疑われはしないだろう。

満寿が言ったことはまことだ、と思った。ひとが二人いて何か起これば、片方だけの咎ということはまずない。町奉行としてさまざまな争いを見てきた実感としても、それは当たっていた。

――だが……。

だれかのせいにすることで救われる、というのも本当だろう。むしろ、満寿がそうしてくれることを願っていた。今日は倅のかわりに罵《のの》しられる心づもりでやって来たのである。

「……なにか兆しのようなものはなかったかの」

話の向きを変えようと思ったが、藤右衛門の件から離れられるはずもない。結局は相手の胸を抉ることになるのかもしれなかった。

満寿が痛みをこらえるように眉を寄せる。見守るうち、ひとことずつ確かめるふうな口ぶりと

なって発した。

「旦那さまは」言いさして、かるく唇を嚙む。「随分まえからお役目に疲れておられたのだと思います」

左太夫は懐手をしながら、ゆっくりとうなずいてみせる。思い当たることは話そうと決めたのか、満寿は言い淀むことなくことばをつらねた。

「お役を継いでしばらくは、旦那さまなりに努めようともなさっていましたが――」

そこで口籠もったのは、やはり舅の心もちを慮ったのだろう。つづく中身は左太夫にも察しがついた。

名奉行などと呼ばれた父の跡に座るのは、さぞ居心地わるいものだったに違いない。かたわらで見ている左太夫にも、それは分かっていた。緊張に引き締まっていた面もちが少しずつ、だがはっきり諦めと絶望の色に覆われていく。小宮山喜兵衛はさすがに心得たもので、倅のしくじりをいちいち告げるようなことはなかったが、頼みもせぬのに忠義顔で知らせてくる輩《やから》も多かった。

藤右衛門が並はずれて無能だったわけではない。贔屓目《ひいきめ》を差し引いても、まずは中庸というところだったろう。それでも、左太夫の跡では人並が下と見られるのだった。

とくに不幸だったのは、就任して三年目の春におこなった裁きである。さる商家に盗賊が押し込み、手引きをした咎で、その家の二番番頭を斬首に処した。当人は否んだが、証しもそろっていて、疑いはないと判断されたのである。

が、しばらくして、その賊が捕縛されたおり、まことに手引きをしたのは一番番頭であることが明らかとなった。むろん、あらためてこの者を処刑したが、人ひとり殺したことは変えようがない。藤右衛門の責を問う声も上がったが、筆頭家老の佐久間隼人正が数ヶ月の謹慎で済ませた。政変を経て執政となった佐久間からすれば、恩を売って自派の人数を増やしたかったのだろう。


隠居して以来、裁きに口を出すことなどなかった左太夫だが、じつはこの時だけ、

「いま少し調べてはいかがじゃ」

倅に告げていた。二番番頭の言い分に悲愴さが感じられ、偽りを語っているようには思えなかったのである。

だが、藤右衛門は苦々しげな笑みをたたえながら、

「心得ました」

といっただけで、洗い直そうとはしなかった。そのことが分かったのは、すべてが明らかとなってからで、しばらくして倅は父の目を避けるように家を空けがちとなる。噂では、柳町通いが度を加えているらしい。焦燥に駆られながらも、左太夫はかけることばを見いだせなかった。

いちど身を持ち崩すと、あとは速い。町奉行が遊蕩《ゆうとう》にうつつを抜かしているという噂はまたたく間に城下へ広まった。喜兵衛たちのおかげで、かたちだけでも勤めは果たせていたし、左太夫の功を慮ってか、お目こぼしという体でここまで来たのである。

「――近ごろ、なにか変わったことは」

あらためて問うた。満寿が哀しげにかぶりを振り、籠もりがちな声で語を継ぐ。

「むしろ、今年に入ってからは、どことなく明るくなられたように感じておりました」

気がつかず申し訳ございませぬ、といって唇を結んだ。細い肩が小刻みに揺れている。左太夫はおもわず伸ばそうとした手を止め、そのまま膝のあたりに下ろした。指さきを固く握りしめる。

「お恥ずかしいことですが」満寿が面を伏せていった。「旦那さまを身勝手とお怨みする心もちが抑えきれませぬ」

無言のまま、うなずき返す。建て前からいえば、武家の妻女が口にはできぬことだろうが、よく話してくれたと思った。むしろ、そうした気もちが一切ないなどと言われたほうが居たたまれぬ心地がする。

「それでいて――」

嫁の喉がはっきりと震える。込み上げるものを抑えているのだろう、常よりも低い声で満寿がつぶやいた。

「わたくしにまったく咎はなかったのか、と……そういう声がいつまでも耳の奥で熄《や》まぬのでございます」

そこまでいうのが精一杯だったらしく、上げかけた顔を、いま一度うなだれるように伏せた。

左太夫はことばを失ったまま、黒々と豊かな丸髷をただ見つめている。

そなたのせいではない、と言いたかったが、そうしたことばが何の慰めにもならぬのは知っていた。

それでも、ひとつだけ気づいたことがある。藤右衛門が明るくなったというのは、失踪する覚悟を定めたからだろう。重い荷を下ろすことに決めたのだと思った。

――今年に入ってから、か……。

そのころ何があったのか、まずはそこだと見当をつけた。左太夫はおもむろに膝を起こす。満寿がおおきく目を開き、引き止めるように手を伸ばした。

「いましばらく……。まだ総次郎も戻っておりませぬゆえ」

「そうではない」唇もとに微笑を浮かべて返す。「倅の部屋を見せてもらえるかの」

# 三

行灯などという気の利いたものは掛かっていないはずだが、小上がりから目を向けると、門口のあたりが滲むような輝きをたたえて明るんでいる。夕暮れどきとなって、まわりの店が灯を点しはじめたのだろう。

総次郎の視線に気づいたらしく、入り口のほうに背を向けている日野武四郎が、小首をかしげてそちらを振りかえった。

「いや、すこし暗くなってきたと思っただけだ」

「帰るか。呑みはじめたばかりだが」

名残り惜しそうにつぶやきながら、武四郎が面をもどす。まだいい、と応えて盃をかたむけた。熱く豊かなものが喉を焼いて滑り落ちる。天之河という銘柄だと聞いていた。

柳町の総門近くにある一膳飯屋〈壮〉へ武四郎をともなってきたのである。祭酒の松崎道順とゆっくり話ができればと思っていたので、もともと帰りは遅くなると告げていた。当てがはずれたかたちだが、いずれ連れてこようとは思っていたから、ちょうどいいともいえる。

先だって足を踏み入れて以来だが、あるじは総次郎のことを覚えていたらしい。店に入ったとき、たまたま板場から出ていて、

「ああ、これは――」

とおだやかな笑みを浮かべ、空いていた小上がりを示したのである。このあいだ出された酒が旨かったことは覚えていたから、

「天之河と、あとなにか肴を」

まずはそう告げ、ふたりして腰を下ろした。土間の卓では町人や足軽が思い思いに飲み食いをはじめているが、時刻も早いせいか、それほど客は多くない。

やはりゆとりがあるのだろう、ほどなく、亭主みずから小上がりに足をはこんできた。

「あるじの新三《しんぞう》と申します、お見知りおきを」

大仰すぎない程度にこうべを下げ、刺身の皿を卓に置く。このあいだはそれなりに混みあっていたから、名を聞くのは総次郎もはじめてだった。新三はならべた皿を目で示すと、

「毎日蒸しますから、鯉あたりでさっぱりと」

どうぞごゆっくり、とだけ言い残して板場に下がってゆく。さっそく箸を取り、小皿の醬油につけた一切れを口へはこんだ。

噛んでみると、驚くほど柔らかな感触が伝わってくる。いささかの引っかかりもなく、すんなりとふたつに切れた。味わいはどちらかといえば甘く、醬油の風味と絡み合って心地よく舌を刺す。

「うまいな」

気がつくと、武四郎がやけに上機嫌な面もちとなり、次のひと切れを取っている。総次郎も追い立てられるように箸を伸ばした。

はやばやと食べ切るのも惜しいから、天之河を含みつつゆっくり味わったが、もともとそれほどの量もないから、じき皿が空になる。頃あいを見計らったように、女中がぬた和《あ》えの小鉢を持ってきた。そろそろ忙しくなってきたのだろう、あるじは板場に入ったきりとなっている。

「いい店を見つけたじゃないか」

小鉢を突つきながら武四郎がいった。にやりと笑いながら付けくわえる。「おまえにしては上出来だ」

「ひどい言い草だ」

こちらも苦笑でかえした。武四郎が、ぬた和えを口に運ぶ。これもうまい、とつぶやくのを合図としたように告げた。

「じつは、父がいなくなった」

前置きもなくいったのは、そうしないと今日も話せないままだと分かっていたからである。武四郎が、うっと妙な声をあげて、ぬた和えを呑みこむ。驚きの色を顔じゅうにたたえ、こちらを見つめてきた。その瞳に向けて、これまでのいきさつを溢れるように語る。いちど話し出すとことばは止まらなくなって、父の失踪はもちろん、お調べが手詰まりであることまで吐き出していた。

「……なるほど」

武四郎が吐息とともにつぶやく。「跡継ぎというのも、たいへんだな」

そこまでいって、いくぶんわざとらしく話の向きを変えた。

「で、せっかく気がついたのに、斬られた番頭の妻子がなかなか見つからぬわけだ」

「まあ、そういうことになる」

昼からくぐもりがちな声が洩れた。まことは藤の根付についても話したかったが、口にするのをはばかる心もちがまさっている。あのあと折を見て父の部屋を探したものの、彼《か》の根付を見出すことはできなかった。世にふたつとなき逸品でもないが、ざらりとした心地が胸の裡に根を下ろしたのは事実である。

彦五郎の妻子に気づいたのは上出来といってよかったが、いまだ行方がしれぬ。子どもは小さな娘がひとり、ということまではすぐ突き止められたが、信濃屋を馘になってから一家がどこに住んでいたのかさえも分かっていない。大手を振って歩ける身ではないから、無理もないといえた。その手のことをこぼしはじめると切りもないが、奉行所の者でもない友垣にお調べの話をしてよいのかという懸念が残っている。

武四郎もそれは分かっているのだろう、むりに聞いてくることはしない。ひとくち盃をふくむと、勝手に考えているというふうに腕を組んだ。そのまま、ひとりごとめいたつぶやきを洩らす。

「……実家にも見当たらなかったのだろうしな」

その話はしていなかったはずだがと問いかえしそうになったものの、とうぜん探ったに違いないと見当をつけたのだろう。ぞんがい察しがいいと思った。

彦五郎の妻は城下から半日ほど歩いた榑谷《くれたに》村の出と分かったから、むろんただちに当たらせている。両親はすでに亡く、弟が田畑を継いでいた。立ち寄った形跡がないどころか、彦五郎が殺されたことすら知らず、話にならなかったというが、嘘をついている気配はなかったらしい。領内でも痩せた土地柄で知られるところだから、自分と妻子が食べてゆくだけで精一杯なのだろう。

「隠れんとする者はどうやって紛れるか――」

総次郎はおのれに問いかけるような口調でいうと、考えをめぐらせる体で顎に拳をあてた。

「なあ」にわかに目をあげ、武四郎が身を乗りだす。瞳にくっきりとした輝きが宿っていた。

「子どものころ、よく三郎ヶ浜で貝を拾ったろう」

「えっ――ああ」

おぼえず、声を詰まらせてしまう。たしかにふたりして、隠居したばかりの左太夫にたびたび連れていってもらった。とはいえ、武四郎が何をいいたいのか見当もつかぬ。相手はかまわず上体を寄せ、わずかに声をひそめた。

「いつだったか、やけにきれいな桜貝を見つけたことがあった」

「……よく覚えているな」

戸惑いを持てあましながら、煤《すす》けた天井を見上げる。黒い点が動いている、と思ったら蠅《はえ》が何匹も飛びかかっているようだった。

「持って帰ろうと思ったが」つぶやいて武四郎がこめかみに指を当てる。「うっかり落としてしまった。あれほどきれいだったのに、ほかの貝にまぎれて二度と見つからない」

総次郎は、とっさに背すじを伸ばした。頭の隅に、おぼろげながら光のようなものがちらつく。気がつくと、いちだん大きな声を発していた。

「貝は貝のなかに、ひとは――」

「ひとのなかに、だな」

武四郎が大きく頷いてみせる。「ご領内でいちばんひとが集まるのは」

「この柳町だ」今いちど声に力を籠めて応えた。

# 四

行灯に火を入れて満寿が下がると、急に大気がすくみ、畳の上を静けさが滑ってゆく。左太夫は窓ぎわの文机に向かうと、積んであった紙の束を手に取り、ゆっくりとめくった。乾いた音が立ちのぼり、耳朶を撫でる。

ややあって吐息をつき、もとの場所へ紙を戻す。いかにも無造作に置いてあるから大切な書付けとは端から思っていないが、やはり雑多な反故《ほご》のようだった。取っておくほどの値打ちがあるとも見えぬが、夫の名残りと思えば捨てられずにいるのだろう。おのれも長らく亡妻の持ち物を処分できずにいたから、その心もちはよく分かった。

部屋が荒れているようすはないから、頻繁に風を入れ、叩《はた》きをかけたりしていると察しがつく。壁際の書架に近づき、一冊ずつ丹念にめくってみたが、心覚えのようなものは挟まれていなかった。もともと目を通した気配もほとんどない。

手がかりを探すのに疲れをおぼえ、腰をのばして部屋のなかを見まわした。何の変哲もない十二畳ほどのひと間だが、倅の部屋に入ることなど絶えてなかったから、妙に落ち着かない心もちがせり上がってくる。自分がどこにいるのか分からなくなり、まるではじめて訪れる異国に足を踏み入れたようだった。

――異国といえば……。

にわかに思いをめぐらす。ある時期から、藤右衛門とは外国《とつくに》の者でもあるかのごとく、ことばが通じなくなった気がする。

跡取り息子である上ひとり子だから、生まれたときのよろこびは胸の奥底にはっきりと刻まれている。その気もちに嘘はないし、忘れ得ぬ情動として、いまでも呼び覚ますことができた。

だが、倅が童でなくなり、少年から男となるにつれ、父子のへだたりはしだいに大きくなっていった気がする。なにかはっきりしたきっかけがあったわけではなく、些細なずれが積み重なっていった結果だと思えた。いま振り返ればそれもよくなかったのかもしれぬが、軋轢《あつれき》が生じるほどのぶつかり合いもない。だから問題はないのだとおのれに言い聞かせていた。

奉行の勤めがおもしろくて仕方なく、励めば励むほど評判もあがっていたころである。ときおり浮かぶ静世の案じ顔に気づかぬふりをして、お役目にすべての精力を注ぎこんだ。かたわら酒もよく呑んだが、男とはそういうものだと信じて疑いもしない。気づいたとき、倅はおそろしく遠いところに立っていた。

ひさしぶりにわが家へ戻ってきたせいか、ふだんは避けている淵を覗きこんでしまう。ふかい闇の色をした水が、そこに湛えられているようだった。

やり直せる岐《わか》れ道はいくつもあった気がする。非番の日に奉行所へ行くのはやめて屋敷で過ごす、倅が遊んでくれといったとき、「またいずれな」といわず、望むとおりにしてやる、町奉行となったあとは、行き詰っていると見たら、さりげなく忠告をしてやる。やりようがないわけはなかった。それをしなかったのは、おのれ自身の咎だろう。

が、それは今だから分かることで、この心もちを抱いたまま生き直せはしない。だからこそ、考えぬようにしていたのだった。

どこからか風が忍び入ってきたらしい。行灯の火が揺れ、壁に映ったじぶんの影が大きく傾いだ。生ぬるい夜のはずが、かすかな肌寒ささえ感じてしまう。

左太夫は吐息を呑みこみ、おもむろに腰を起こす。そろそろ引き上げるつもりだった。総次郎に会えればと思っていたが、どこかそれを恐れる自分に気づいてもいる。

視界の隅に違和感をおぼえ、眼差しを落とす。やはり風で煽られたらしく、文机の上に置かれた紙片がいくぶん乱れていた。かがみこんで手に取り、角を揃えようとして動きが止まる。喉の奥で、うっという声が洩れた。

そのまま膝をつき、もう一度紙片を繰りはじめる。風は熄む気配もなく、縁側に面した障子戸が、かたかたと揺れつづけていた。

## 五

信濃屋の番頭・彦五郎の妻子が柳町にいるというのは、むろんただの推量にすぎぬが、あり得ないことでもないだろう。道中手形が出ていないから領外へ出たとは思えないし、在所に戻っていないなら、行けるところは限られている。といって縁もない農村に入り込めば、人目について仕方がない。歓楽の里であれば、いつだれでも潜むことができる。むしろ、なぜ今まで思いつかなかったのかと感じるほどだった。

「ぞんがい冴えてるな」

武四郎を見て、すこし揶揄《やゆ》するふうにいう。柳町、と口に出したのはおのれだが、そこへ導いたのは相手のほうだった。

「ぞんがいはご挨拶だ――まあ、考える暇だけは海山ほどもあるからな」

とくに誇るふうでもなく応えが返ってくる。武四郎はそのまま小鉢に箸をすべらせ、またうまいと言いながらぬた和えを口に入れた。「で、どうする」

「さっそく明日から柳町の総ざらえをやろう」

勢いこんで告げると、どういうわけか相手が眉を曇らせる。動かしていた箸も中空で止まっていた。ただよう沈黙に、土間のほうで中間たちのあげる胴間声《どうまごえ》がかぶさってくる。喧騒のなか、ぽつりとこぼれたつぶやきが、はっきり耳に飛び込んできた。

「……間に合うかな」

「どういう意味だ」

おぼえず身を乗りだした。上体が卓に当たり、皿や小鉢が耳障りな音を立てる。武四郎が、何かを払うように頭を振った。

「いや――」いつも呑気なこの男にはめずらしく、声が強張っている。「おれが思いつくようなことは、ほかの者でも気づくのではないかと」

総次郎は、はっと息を呑みこんだ。われしらず、小刻みに膝がしらが震えている。唇を噛みしめながら、すばやく立ち上がった。

「行こう」

「どこへ」

武四郎が戸惑いがちにいいつつ、それでも引きずられるように腰を浮かせた。

分からぬがとにかく、とつづけた声を、外から湧き上がる悲鳴が掻き消す。懐から取りだした金を卓に置くと、草履を突っかける間も惜しんで外に飛び出した。おいっと叫んで、武四郎もあとにつづく。

闇を透かして声のした方を見やると、幾度も転びながら大通りを駆けてくる女がある。四十すぎの年増で、しどけなく着崩した錆朱《さびしゅ》の帷子《かたびら》がやけに似合っていた。切れ切れに悲鳴をあげているが、よく見ると、裾まわりが赤黒く汚れている。道行くものたちは残らず通りの左右に分かれ、こわごわとその様子を見守っていた。

考える間もなく往来に飛び出し、女の行く手をさえぎる。ぎょっとした体で立ち止まった相手は、

「町奉行所のものだ」

言い放つと安堵したらしく、崩折《くずお》れるごとくその場に座りこんだ。膝をついて目の高さを合わせた総次郎が、

「なにがあった」

息せき切って聞いたが、ひどく痩せた体をとめどなく震わせるだけで、声も出せずにいる。いつの間にか、まわりを野次馬たちに取り囲まれていた。その人垣を分け、臆する気配もなく武四郎が近づいてくる。そのまま総次郎の背後に立ったが、声を掛けてはこなかった。

「だいじょうぶだ、話してくれ」

声を低め、ゆっくりと女に語りかける。動転している相手を急かしても、ろくな応えなど得ら

れない、ということはそろそろ分かりはじめていた。泳いでいた女の目がしだいに落ち着き、わずかながら眼差しに光がもどってくる。音を立てて唾を呑みこむと、唇をわななかせてことばを発した。

「お、お才《さい》さんが――」

この先の長屋で、といって背後を指さす。悪寒のようなものが総次郎の軀を走り抜けていった。身の内で鼓動がつのってゆくのを感じながら、武四郎にささやきかける。

「すまないが、小宮山喜兵衛という者に知らせてくれ。屋敷はうちで聞けば分かる」

心得た、と告げて足音が離れてゆく。眼前の光景が色をうしなって遠ざかり、目がくらみそうになるのを懸命にこらえていた。

## 六

せめて夕餉《ゆうげ》でも、と満寿が乞うのを謝して門の外へ出た。丁重に断ったつもりだが、あるいは上の空となっていたかもしれぬ。わるいことをした、と思ったのは、どこか生ぐさい夜気を顔いちめんに感じたときである。濃い甘さをふくんだ梔子の香がそのなかに混じっていた。

気がつくと、知らぬ間に手が動いて懐を押さえている。藤右衛門の居室から持ち出したものが、そのなかに入っているのだった。胸の奥から息を吐きだすと、いくぶん引きずるような足どりで歩を踏み出す。ひとあしひとあしが重く、はたして〈賢木〉に辿りつけるのかと思えるほどだった。

大気がそよいだ、と感じた途端、角を曲がってきた影が思いきり肩にぶつかる。やはり平静を保てていないのだろう、隠居とはいえ不覚というほかなかった。

向こうも慌てていたと見え、足もとをふらつかせながら、

「ご無礼を――」

とこうべを下げた。おや、と思ったのは、声に聞き覚えがあったからである。月明かりを透かして長身の面に目を飛ばすと、

「なんだ、草壁のお祖父さまでしたか」

日野武四郎のほうが先に声をゆるませた。家が近所で孫の友垣だから、左太夫もこの若者にはなじみがある。幼いころには、総次郎ともども三郎ヶ浜へ連れていったことも何度かあった。こちらも安堵して、強張っていた頰から力が抜ける。

「なんだとはひどい言い草じゃな」わざと険しい声で応じると、申し訳ありませんといって武四郎が肩をすくめる。左太夫はくすりと笑って語を継いだ。

「で、いかがした。かような刻限に、ずいぶんと急いでおるようだが」

見つかるまで刻がかかるかと思っていたが、長屋の入り口には早くも人だかりが出来ており、迷うこともなかった。左太夫は声をかけながら掻き分けるように進んでゆく。人垣が途切れると、何の変哲もない裏長屋の一軒が目に飛びこんできた。奉行所からの人数はまだ到着していな

いはずだが、近くの自身番から目明しが駆り出されたらしい。それらしき男たちが幾人か戸口に立ち、野次馬がそれ以上近づかないよう牽制《けんせい》していた。

なかに見覚えあるものがいる、と思ったが、むこうも同じだったらしい。左太夫に気づくと、はっとした体で小腰をかがめ、お入りくださいという手つきで屋内のほうを示してくる。鷹揚にうなずきかえして、土間に足を踏み入れた。

その途端、かつて幾度も嗅いだ匂いが鼻を突く。左太夫は眉をひそめたまま、明かりもない四畳半ひと間に視線を這わせた。少しずつ、暗がりに目が慣れてくる。

そそけだつ畳のあちこちが赤黒く染まり、女がひとり、その中へ突っ伏すように横たわっていた。かたわらに膝をつく武士は左太夫に気づいたらしく、ひどくのろのろとしたしぐさで顔を向けてくる。若い瞳の奥でくすぶるものを目にとめ、おもわず息を呑んだ。

総次郎の眼差しに浮かんでいるのは、底知れぬ絶望という以外ないものだった。このように湨い目をする子だったろうか、と痛みにも似たものが胸に刺さる。左太夫はためらいがちに唇をひらいた。じぶんでも驚くほど、かすれた声が洩れる。

「喜兵衛たちが……」

間もなく来るだろう、と言いたかったが、そのまま口をつぐんでしまう。孫がそうした話を聞きたいわけでないことは分かっていた。総次郎の影が妙に膨れている、と気づいて目を凝らすと、五つ六つと思われる少女を身の内へかかえ込むように抱きしめている。骸となった女の娘なのだろう。生きてはいるようだが、気を失っているのかぐったりとしており、若者はその背をきつく搔き抱いていた。

なにを話せばよいのか惑うているうち、総次郎の唇から、押し殺した声が洩れる。

「……間違《まちご》うておりました」

「なに」

聞き返そうとしたが、若者は否むようにかぶりを振って、そのまま語を継ぐ。

「お祖父さまに、はやく助けを求めればよかった」

「……………」

「そうしてはいけないと思うておりました。勤めというものは、おのれの力だけでやりとげねばならぬのだと」

軀の奥をするどい刃で斬りつけられるような心地がする。総次郎が口にしたのは、おのれが考えてきたことと同じだった。だからこそ、倅にも孫にも助力めいたことをせず、ここまで来たのである。左太夫がことばを発せられずにいるうち、若者は少女を抱く指さきに力を籠めた。絞りだすように発した声が耳朶を打つ。

「――ですがそれは、所詮わたくしだけのこだわりでした」

まことちっぽけな一人《いちにん》だけの、とつづけた響きが胸をえぐる。おのれを見つめる総次郎の瞳に、いつしか燃えるようなかがやきが宿っていた。

「わたくしなど、未熟でも半人前でも構わなかったのに」

おぼえず視線を逸らす。総次郎がおおきく息を呑みこんだようだった。「なりふりかまわず、できることをすべきだった」

さすれば、この女は死なずにすんだかもしれません、とつぶやく声が、薄暗い室内に響く。そうとは限らぬ、と言ってやりたかったが、総次郎が何もかも承知でいることは分かっていた。まだほかに術《すべ》があると思い至りながらそうしなかったことを孫は悔いているのだろう。

「……勤めとは、しくじりを重ねて覚えるものだと皆が申します」罅《ひび》割れるような声で総次郎がいう。わずかながら差しこむ月明かりに、若い横顔がしらじらと浮き上がっていた。

「ですが」見守るうち、ぐっと唇を嚙みしめたのが分かる。「しくじれば、ひとが死ぬ勤めもある」

「…………」

「奉行になったばかりだから、若いから、未熟だから……そんなことは」

総次郎は重い眼差しを女の骸に這わせ、今いちど少女を抱きしめた。小さな首にかかった守り袋がぶらぶらと揺れる。目を覚ましかけているのか、ちいさな唇から吐息まじりの声がこぼれた。

「なんの関わりもなかった。このひとにも、この子にも」

力尽きたように、こうべを落としてうなだれる。にわかに外が騒がしくなったかと思うと、小宮山喜兵衛にひきいられた捕り方が何人か、土間に踏み込んできた。先頭に立つ喜兵衛が、

「お奉行――」

と発したきり、みな室内のようすに息を吞んで立ちつくしている。いちばん後ろからおそるお

そるという体で日野武四郎が顔を覗かせたから、伝令の役は相違なく果たせたらしい。

喜兵衛をはじめとする者たちの視線が、縋るようにおのれへそそがれている。うなずき返した左太夫は、うつむいたままの孫へ、おもむろに手を差し出した。

虚《うつ》ろな面もちで空を見つめていた総次郎は、眼前へ伸べられた祖父の手に、はっと身をすくめる。左太夫は進みも引きもせず、ただ孫のまえに掌を広げていた。

どれほどの刻が経ったか、少女をかかえた姿勢を崩さぬまま、総次郎の右腕だけがゆっくりと持ち上がる。しばし逡巡《しゅんじゅん》したのち、赤子がはじめて出会う生きものを摑もうとするように、左太夫の掌ぜんたいを上から包みこんだ。

若い温もりがはっきりと伝わってくる。このまえ、総次郎の手を取ったのは、いつだったろうと思った。小さかったはずの掌は、いつのまにか自分より幅広く、厚くなっている。

左太夫はおのれの手に力を籠める。総次郎がようやく目をあげ、応えるようにつよく握りかえしてきた。

# 北の湊《みなと》

## 一

中庭を横切ってきた黒猫が、首だけ曲げてうかがうように縁側を見つめた。そこに坐す少女のほうが身を乗りだすと、肩をすくめるふうな身ぶりをして駆け去ってゆく。膝をついた女童がどんな表情を浮かべているのか、背後で見守る総次郎には分からなかった。

柳町の裏長屋で母を殺された少女は、名をさよというらしい。本人が話してくれたのは、それくらいだった。口が利けぬわけではないようだが、草壁邸に引き取られて十日ほどが経ついまも、はい、と、いいえ、くらいしか言葉を発してはいない。

さよを自分の屋敷にと総次郎が言いだしたとき、小宮山喜兵衛は、はっきり戸惑いの色を見せた。日ごろ温厚な面もちに渋いものをたたえ、

「それはいかがなものかと……」

いくぶん大仰に首をひねる。総次郎の心身を案じたものらしい。いっそ、それがしの屋敷で預

かりましょうかと言いながら左太夫をうかがったのは、ともに諫《いさ》めてほしいというつもりだろう。祖父はつかのま困ったような表情を見せたものの、

「まあ、差し当たってということでよかろう」

いつもとおなじ飄《ひょう》々《ひょう》とした声音で応えた。

少女は否むでもなく、いわれるまま屋敷に来た。母が殺されたことは分かっているのだろうが、泣き叫ぶ気力は、とうに失われているらしい。骸を運ぶ戸板が外へ出てゆくときも、虚ろな眼差しを向けたまま、だまって見つめているだけだった。

引き取ったことは後悔していないものの、目のまえにいる少女が気にかかり、今日のような非番の日も屋敷を空けられずにいる。まばゆい日差しが庭いちめんに降りそそぎ、濃い緑の香に全身が包まれた。光の粒が目に入ったような心地に見舞われ、瞼のうえに手をかざす。

そのわずかな間に立ち上がったさよが踵を返し、かたわらを擦りぬけてゆく。声をかけるより早く、十二畳ほどのひと間を小走りに駆けて、奥へ消えていった。

見送って吐息をこぼした総次郎は、沈むように腰を下ろす。われしらず俯く姿勢となったのは、まぶしさのせいなのかどうか分からなかった。

痩せた少女の背中を目にするたび、胸の奥を針で刺されるような心地に襲われる。まさかとは思うが、彦五郎の骸とともにあった藤の根付が頭から離れなかった。屋敷に引き取ったのは、ほかのやり方が思いつかなかったからだが、罪ほろぼしめいた心もちがあったのかもしれない。ろくに付き合いもないという親類へ押しつける気にはなれなかった。

「あの……」

頭上から、ふいに遠慮がちな声が投げられる。思いに耽っていたため、とっさに背すじがすくんだ。弾かれるように顔を上げると、日差しを背にして、茜色の小袖をまとった娘がたたずんでいる。

「奈美どの――」

おもわず洩らした呼びかけに応えて、娘が低頭する。手には市松模様の風呂敷包みを抱えていた。

日野武四郎の妹・奈美である。総次郎たちよりひとつ下だから、十七歳ということになる。齢が近くて屋敷もすぐそこゆえ、兄同様の幼なじみといってよかった。

瞳は大きくくっきりとしているが、目尻がいくぶん下がっているため、やわらかな面ざしとなっている。背丈は中くらいだが、姿勢がいいので実際より高く見えることが多かった。たしかめるまでもなく、こちらの面を覗く眼差しに案じるような色が浮かんでいる。訪れるなり縁側で肩を落として俯いているのだから、無理もなかった。どう話しかけていいのか惑っていたらしいが、ややあって、おもむろに唇をひらく。

「兄から届け物で」

どうせ暇なのだから自分で来ればいいのに、とは思わない。気を利かせたつもりだろう。奈美は風呂敷包みを縁に置き、細い指さきで、するりとほどいた。上体が近づいたせいで髪油の匂いが鼻腔をくすぐり、わずかに動悸が速くなる。

が、なかから現れたものを見て、おぼえず眉を寄せた。なんの変哲もない煎餅が六つ七つ、無造作にくるまれている。顔をあげると、相手も困惑したような面もちをあらわにしていた。

「……なにか言伝《ことづ》てなどありましたか」

問うてみると、いっそう戸惑いがちな表情となり、口ごもりながら応えた。

「ほら、煎餅くらい、うちにもあるだろう、と――兄が申したのですよ、わたくしではなく」

生真面目な口ぶりで付けくわえるから、つい吹きだした。寸の間むっとした面もちとなった奈美も、すぐに頬をゆるめて唇もとを押さえる。笑うのは久しぶりだと思った。

「……座りますか」

笑声がおさまったのを見はからっていうと、はい、と幾分あらたまった声を洩らして奈美が縁側に腰を下ろす。ふたりのあいだには開いたままの風呂敷包みが置かれていた。

正面の植え込みでは、紫陽花《あじさい》がとりどりの花を広げている。青や紫といった色が咲き競い、つよい日ざしのなか微風に揺られていた。光のすじが青や紫の花びらを焙《あぶ》り、擦り抜けていくように見える。

「せっかくですから――」

食べましょうか、と総次郎がいう前に、小さな手が伸びて煎餅を何枚か摑んでいる。驚いて顔をあげたときには、すばやく飛びのいた少女が、うかがうような眼差しでこちらを見つめていた。

奈美はすっかり胆《きも》をつぶしたらしく、手で口を覆い、こぼれそうになった声を呑み込んでいる。ただの煎餅とはいえ、知らない童がいきなり持参した手土産を攫《さら》っていったのだから、無理もなかった。さよも怯えと不審に満ちた目で、睨みつけるように奈美を見据えている。

「食べていいんだぞ」

総次郎は、なるべく穏やかに聞こえるよう努めながらいった。少女はふっと全身の強張りを解き、そのまま座敷のほうへ駆け戻る。いつの間にか、そこに満寿が控えていた。奈美があわてて会釈すると、いいのですよ、というふうに母が首肯する。そのまま、小さな影へ寄り添うようにして、屋敷の奥に引き上げていった。

「ゆえあって引き取った童で……ふた親がいないのです」

さよの気配が消えるのを待ち、自分へたしかめるようにつぶやいた。奈美が真剣な面もちで、顎を引く。すでに落ち着きを取り戻していることは、瞳の動きを見れば分かった。

「あまり食べないから案じていたのですが、すこし腹が減ったのかもしれません」

よかった、とひとりごちて手を伸ばし、煎餅をひとくち齧る。ぱりん、という音が思いのほか大きく響いた。うっすら塗られた醬油の味がやけに美味く感じられる。うながすと、遠慮がちながら奈美も一枚手に取り、口にはこんだ。ふたりして、黙々と煎餅を食べつづける。武四郎にしては上出来だったな、と思った。

すこし話がある、と声をかけられたのは、月に三度と定められた登城が終わり、帰り仕度をはじめたころだった。周囲にはやはり手荷物をまとめようとする人影がいくつか見られたが、それもまばらな時刻となっている。とうとう梅雨も明けたのか、武者窓から烈《はげ》しいほどの陽光が差しこんでいた。

湿った熱気を掻き分けるようにして詰所をおとずれたのは、大目付の倉木主膳《くらきしゅぜん》である。五十すぎという年齢のわりに髷も黒々としており、贅肉《ぜいにく》のすくない引き締まった体軀をしていた。やはり十年まえの政変でお役に就いた口だが、筆頭家老・佐久間隼人正の走狗《そうく》というわけでもないらしい。うまく距離を置いたうえで勤めを果たしている印象があった。

町奉行と大目付は微妙な関わりにあるといってよい。町人相手に法を司るのが町奉行なら、家中の士にそれを遵守させるのは目付方の役目で、その頂点に立つのが倉木である。であれば住み分けははっきりしているはずだが、そうならないのが世の常だった。

厄介なのは、家中の士が町場で事件を起こしたり、金貸しと揉めたりしたときである。むろん武士を裁くのが目付方という定法が揺らぐことはないが、はいそうですかと引き下がる町人ばかりではない。武家偏重の裁定ばかり下していると、鬱積した不満がいずれ暴発しないとも限らなかった。

代々の町奉行は残らずこの点に苦慮しており、武士がからんだ市井《しせい》の事件では、与力を裁きに同席させるよう求めている。成否は一に奉行と目付方の力関係にかかっており、祖父のときはかなり容れられたようだが、父の代でそうした話は聞いていなかった。

お役に就いて日の浅い総次郎は、せいぜい挨拶を交わしたくらいで、倉木とまともに話したことはない。年齢や石高《こくだか》からいっても、こちらが二歩三歩と退く立場だから、突然の来訪には不審を覚えぬわけにいかなかった。

が、厳しげな面もちはそのままながら、倉木はぞんがい柔らかな声音でいった。

「信濃屋の件は進んでおられるか」

とっさにどう応えたものか迷っていると、

「時おり目付方のなかでも話にのぼるゆえ、少々気になっての」

と付けくわえる。

「お目付方のなかで……」

木偶のように繰りかえすと、倉木は重々しくうなずき、ひとりごつような口吻《こうふん》で、さよう、といった。

「下手人は武家のようだと聞いておる。我らも無縁とはいえまい、というわけだ」

「…………」

口籠もったのは、目付方がこちらの調べに介入してくるつもりかと考えたからである。藩政初期から、しばしばそうした角逐《かくちく》が繰りかえされてきたから、身がまえるのは当然ともいえた。

だが、倉木はそれを察したらしく、

「まあ、いらざる手出しをするつもりはない」

と発すると、さもついでめかして言い添えた。

「いざとなったら左太夫どのもおられるしの」

「……若輩者ゆえ、せいぜい頼らせてもらうつもりでおります」

押し殺した声で応える。少し前までなら、祖父を駆り出す気はござらぬと告げていただろう。今もそう返すべきなのかと思ったが、この相手には見透かされている気がした。

「よいお心がけと存ずる」

倉木はかすかな笑みを唇もとに浮かべると、一礼して膝を起こした。そのたたずまいから内心をうかがうことはできない。知らぬ間に、背すじのあたりが強張り、喉もとに汗が滲んでいる。

大目付の後ろ姿が遠ざかり、視界から消えたとき、不覚にも畳に手をついていた。

二

「そうか、倉木どのがさようなことを……」

左太夫がつぶやくと、はい、と応えて総次郎が首肯する。孫の左右に坐した小宮山喜兵衛と日野武四郎はまだ話が摑めていないらしく、うかがうような眼差しをたたえて、ふたりの遣りとりを見つめていた。

開いた障子戸から、午後の日ざしが流れこんでくる。戸を閉めると蒸し暑くなってしまうから、開けたままにしているのだが、蚊《か》遣《や》りを切らせぬ季節に入ってもいた。

料亭〈賢木〉の離れに、小宮山喜兵衛と総次郎、あとはなぜか日野武四郎がつどっていた。総次郎の求めに応じ、事件の先行きについて、ひとしきり知恵を出し合うことになっている。

いつもなら、居心地わるげな喜兵衛のために、総門近くの一膳飯屋〈壮〉へ移るところだが、ちょうど昼飯どきだから混みあっているかもしれない。当の喜兵衛も構いませぬというから、この場で話すことにしたのである。

童のころから知っているとはいえ、日野武四郎が座に加わるのはさすがに違和感をぬぐえなかったものの、

「ぜひともお願いいたします」

孫がたってというので折れる気になった。喜兵衛はなおさら戸惑っているはずだが、左太夫が応じたのだから話を蒸し返したりはしない。むしろ当の武四郎が肩身狭げに控えていた。

聞けば、信濃屋番頭・彦五郎の妻子が柳町に潜んでいると推量したのは武四郎なのだという。おのれの矜持や建て前はかなぐり捨て、実を優先させると肚を固めたらしい。困惑しながら、どこか頼もしさのようなものを感じてもいた。倅にもこうした友垣がいれば何か違っていたろうかと思いかけ、あわてて振り払う。

「倉木さまとは、なにか所縁《ゆかり》がおありなのですか」

まだなじみの薄い喜兵衛に向けて会釈すると、武四郎が世間話のような口調でいった。末っ子気質というのか、もともと人見知りするほうでもないから、はやくも場になじんでいるらしい。

左太夫は微苦笑を嚙み殺して告げた。

「いや、わしと入れ替わりのようにしてお役に就かれたゆえ、付き合いはない。が……」

若者ふたりがつづきを促す体で膝をすすめる。左太夫は、つと目を逸らして喜兵衛のほうを見やると、

「藤右衛門とはいろいろあったようじゃの」

たしかめるふうにいった。与力はかるくうなずき、いくぶん口籠もりながら発する。

「武家のからんだ事件は、すべて目付方だけで白黒つけようとしておられましたな」

こちらからの請いにもかかわらず、と重々しい声で付けくわえた。長らくつづいてきたことだから驚くにあたらぬとはいえ、倅の心中を思うと胸苦しさに見舞われた。

隠居ののち仄聞《そくぶん》した程度でしかないが、倉木主膳の手腕は瞠目《どうもく》に値するものだった。厳しければいいというものでもなかろうが、この十年で潰した家が五つ、減石された者は数え切れない。それでいて、悪評が立っているわけでもないから、どれも故のある裁きだったのだろう。年齢や家格の差はあるにせよ、もとより藤右衛門が太刀打ちできる相手ではなかった。

そうした相手がわざわざ総次郎に近づいてきたのが、たまさかであるわけもない。あるいは筆頭家老の佐久間隼人正と同様、藤右衛門の失踪を嗅ぎつけているのかもしれなかった。いずれにせよ、何か目論見《もくろみ》があるのだろうが、今はそれ以上知りようがない。

「……では、その後の調べでございますが」

総次郎がおもむろに口火を切った。左太夫の身内を心地よい流れのごときものが走ってゆく。奉行だった折、つねに抱いていた感覚だった。手持ちぶさたに過ごしていた日々は後景にしりぞき、鼓動までほどよく高まったように思える。

――因果なものじゃ。

結句、おのれの胸がもっとも躍るのは、こうしてお勤めの場に身を置いているときなのだろう。事件が起こってよかったとは微塵も思わぬものの、彦五郎とその女房が斬られたことでこうした心もちを味わっているのはまことである。それを否むほどの偽善は持ち合わせていなかった。

さりげなく総次郎の面ざしに見入る。すこし前まで残っていた少年らしさは影をひそめ、眼差しの奥に覗く光がいくつか齢をかさねたように見えた。つかのま、目のまえにいる男が孫だということを忘れそうになる。

――これからもこうして、できなかったことができるようになってゆくのだな。

若い生きものが発するまばゆさに目を射られそうになる。いっぽう、おのれはできていたことができなくなってゆく、と思うと、わずかに嫉妬めいたものさえ立ち上がりそうになり、いそいで胸の奥へ押し込めた。孫は気づく由もなく、ひといきにことばを連ねる。

「彦五郎の妻子は、柳町の長屋をひと月おきくらいに転々としていたようです」

それは沢田弥平次が中心になって突き止めたことらしい。彦五郎の女房はお才といって、やはり信濃屋で女中をしていたが、七年ほど前に主人のすすめで所帯をもった。娘のさよも生まれ、このまま大過ない生涯を送るものと当人たちも思っていただろう。店の金を使い込んでの放逐は自業自得としても、まこと人の世は一歩さきに落とし穴というほかない。

柳町じゅうの長屋を聞きこんで調べたところ、信濃屋を出てから三軒を家移りしていたと分かった。が、ふしぎなことに亭主の彦五郎はいっしょに暮らしていた痕跡がない。

「とすると……」

左太夫がおのれへ言い聞かせるようにつぶやくと、総次郎がこくりとうなずき返した。

「はい、彦五郎は妻子のもとを訪れた折に斬られたのやもしれませぬ」

そこで、ふうむ、と妙な鼻息を洩らしたのは日野武四郎だった。一座の目があつまると、丸顔の若者が照れたような面もちとなって首をすくめる。

「いや、ではなぜ、そのときにお内儀も斬らなかったのかなと思いまして」

小宮山喜兵衛が唸りながら膝を叩く。

「言われてみれば、いかにも。で、お考えは」

そのまま、先を促すように身を乗りだした。武四郎は困惑した体でこうべを振る。

「申し訳ございませぬ。今のところ、そこ止まりで」

喜兵衛があからさまに落胆した風情で肩を落とす。左太夫と総次郎は、そろって苦笑をこぼした。正面に覗く松の木にでも止まっているのか、鵯《ひよどり》の声が耳朶を叩く。話に身を入れていたため気づかなかったが、縁側に差しこむ陽光もいつしか中天をそれなりに過ぎているようだった。

「……腹が減ったの」

昼食《ちゅうじき》がまだだったことに思い至ってひとりごちると、

「まことに」

武四郎がいちはやく首肯する。吹き出しそうになるのをこらえて膝を起こした。縁側に出て声をかけると、女中頭のお咲が豊かな肉置《ししお》きを揺するようにして現れる。

「すまぬが、湯漬けを四人前こしらえてくれぬか」

「承知いたしました。しばらくお待ちくださいませ」

お咲は心安くいって、ぞんがい身軽な足どりで遠ざかっていった。昼の客も盛りは過ぎた頃合いである。夕方まで間があるから、さほど造作をかけることにはならぬだろう。

降りそそぐ陽光が庭の緑をくっきりと浮き立たせている。しばらく膝を突き合わせて話し込んでいたのがふいに途切れ、どこか気だるげな空気が座に満ちていた。

待つほどの間も置かず、お咲が湯気の立つ椀を四つ、盆に載せて戻ってくる。湯漬けのうえに薄い魚の切り身が何枚か載せられ、ぜんたいに海苔がまぶされていた。

やはりみな腹が減っていたと見え、お咲への礼もそこそこに椀を取りあげる。暑いさなかだから額に汗が滲み出したが、淡白な切り身のあじわいが心地よく、かすかな涼味さえ覚えるほどだった。黙々と食べ終えて座を見まわすと、総次郎たちも満ち足りた表情で箸を置いている。

「……甘鯛《あまだい》だったかの」

切り身のことを問うと、お咲がにこりと音でもしそうな笑みを浮かべてうなずいた。

「さっぱりして、おいしゅうございましょう」

「まことに」応えたのは、小宮山喜兵衛だった。わずかに口ごもりながらつづける。「その……女将にも旨かったと伝えてくれ」

お咲はつかのま戸惑うような面もちとなったが、手をついて低頭すると、

「たしかにお伝え申します」

と告げて母屋のほうへ戻っていった。

総次郎と武四郎が、怪訝そうな表情でこうべを捻る。喜兵衛がわざわざ女将のことを口にしたのが不思議だったのだろう。左太夫は気づかぬ体で声を発した。

「腹もくちくなったところで、話のつづきじゃが――」


ひとしきり話を終え、喜兵衛と武四郎は膝を起こしたが、総次郎には立ち上がる気配がなかった。すまん、もう少し残る、と低い声で友垣にささやく。武四郎は問い返すでもなく、

「では、途中までご一緒いたしましょうか」

喜兵衛に向かって人懐こい口調でいう。いくぶんためらう風情の老与力をうながすようにして、ともに座敷を出ていった。

〈賢木〉の離れに夏の香りが飛び込んでくる。日ざしはずいぶん高くなる時季だから、部屋のうちまで入ってくることはないが、暑熱に焙られた庭の緑が濃い匂いとなって、このひと間まで流れてくるのだった。

左太夫は、向かい合う総次郎の面を見つめる。頬のあたりが強張り、膝に置いた拳が震えていた。尋ねるまでもなく、なにか重いものを身内に閊《つか》えさせていると察しがつく。孫が口をひらくのを待つつもりだったが、ひとしきり四人で話したあとゆえ、すこし疲れてもいた。

「それで――」

ことば短かながら、こちらからうながすふうな声をあげる。

総次郎が、ためらうような色を浮かべた。が、じき意を決したらしく、つよい光を眼差しにた

たえて身を乗り出す。

「じつは父上のことで」

いちど口を開いたあとは、ひといきにことばを迸らせた。「骸のそばに、藤の模様を刻んだ根付が」

虚を突かれ、とっさに息を吞む。倅がそういう根付を帯から下げているのは何度か見た覚えがあった。柳町で兇刃を振るった侍の姿が眼裏をよぎり、そのまま消えてゆく。暗いなか、一瞬目にしただけだから、倅だともそうでないともいえぬ。ただ、藤右衛門もあの影も中肉中背といったところで、取り立てて特徴のない軀つきであることは同じだった。

「……それで」

いうべきことが浮かんでこず、同じ文言を今いちど繰りかえす。総次郎はかぶりを振り、やるせなげな声を発した。

「屋敷に、その根付は見当たりませんでした」

重い沈黙が座敷のなかを滑ってゆく。やはり庭の木に止まっているのだろう、鵯の啼き声が絶え間なく耳の奥へ飛び込んできた。

話を反芻するかのように眼《まなこ》を閉じていた左太夫は、ふいに刮目《かつもく》すると懐から折りたたんだ紙片をいくつか取りだした。無言のまま、一枚ずつ畳の面に広げる。総次郎が困惑をあらわにした目をこちらへ向けていた。

紙片の大きさはまちまちで、どれも殴り書きのごとき字がまばらに記されている。総次郎は食い入るように見つめていたが、ややあって喉の奥から呻き声が転がり出た。

そろそろと面を上げ、

「父の……」

うかがうように告げる。

「文机のうえにあったものじゃ」

左太夫は重いしぐさでうなずき返した。

とはいえ、意味のない短いことばがつらなっているだけで、それぞれの語にも関わりがない。

ある紙片に、

〈相模〉〈湯漬け〉〈沢庵《たくあん》〉〈東海寺《とうかいじ》〉

とあるかと思うと、べつの紙には、

〈出羽〉〈壬《みずのえ》〉〈辰〉〈鱗《うろこ》〉〈鯔《ぼら》〉

などとある。さらには、

〈肥前〉〈李白《りはく》〉〈杜甫《とほ》〉〈唐《から》〉〈天竺《てんじく》〉

というものもあった。

「どれも、土地の名が最初に書かれております。旅をしてみたい場所でしょうか」

総次郎がいうと、

「……わしも最初はそう思った」

鵯の啼き声が静まるのを見はからったように、左太夫が応える。「日々の暮らしで息の詰まった者が、まだ見ぬ土地を胸に描く。ありそうなことだと」

おのれの声がいくらか苦しげに聞こえるのも分かっている。たったひとりの息子がおそらくは満ち足りた生を送れなかったということが、父として応えぬはずはなかった。

「じゃが、幾度も見ているうち、べつのことに気づいた」

つとめて声の調子をかえた。「たしかにどれも、まず国の名が書かれておる」

なぞるように紙片を指しながら語を継ぐ。「が、つぎに来る語は、おどろくほどばらばらじゃ」

総次郎が顎を引く。孫の面に訝しさと戸惑いが濃く滲んでいた。いうまでもなく、〈湯漬け〉〈壬〉〈李白〉〈菜飯《なめし》〉〈普賢菩薩《ふげんぼさつ》〉……と脈絡もない。左太夫はいったんことばを切り、総次郎の顔を覗き込むようにした。

「それでいて、仔細に眺めれば、二つ目から先のことばにはどうも連なりめいたものがうかがえる」

「と申しますと」

総次郎が、さっぱり分からぬと言いたげな声をあげる。無理もない。おのれも最初はただの殴り書きとしか思えなかったのである。

「されば、まずこれを見るとしよう」

指をのばして一枚を摘まみ上げる。〈出羽〉からはじまる紙片だった。「出羽のつぎは壬。そのつぎは、辰。干支どうしというつながりがあろう。辰には〈鱗〉がある。鱗があるといえば魚、たとえば〈鯔〉……という具合じゃ」

総次郎がああ、と声を洩らす。にわかに瞳をかがやかせ、〈相模〉からはじまる一枚を手に取った。

「なるほど、湯漬けを食うなら、沢庵。同じ名の和尚は品川東海寺の開山……」

さよう、とつぶやきながら、左太夫は懐手になってうなずいた。

「そうなると、李白から杜甫、唐、天竺とは、よほどすんなりしたつらなりですね」

孫の声につよい昂揚の気配がふくまれている。微笑を浮かべた左太夫に、総次郎は今いちど怪訝そうな面もちにもどって問いかけた。

「二つ目からが連なっておることは分かりましたが」

「だから、どうなのかと」

わざと意地わるげな笑みを唇もとにたたえる。総次郎はいくぶん口惜しげに、ええ、はいと応えて、こちらをうかがった。左太夫は勿体をつけるように間を空けると、おもむろに唇をひらく。

「最初の国名も、三つ目より先もただの囮《おとり》……ふたつめの言葉だけがまこと、とわしは見た」

えっ、そうしますと、と総次郎が頓狂な声をあげる。並べられた紙片を中央に寄せ、食い入るように見つめた。

「〈湯漬け〉〈壬〉〈李白〉〈菜飯〉〈普賢菩薩〉〈酉《とり》の市《いち》〉……」

調子よく読み上げながらも、眉が曇る。たしかに、たやすく見当がつくようなものではなかった。

「こうすれば、どうかの」

左太夫が指を伸ばして、手早く並べ替える。〈普賢菩薩〉〈湯漬け〉〈李白〉〈壬〉……という順になった。

「……尻取りではなさそうですが」

総次郎が考えあぐねて、こうべを垂れる。左太夫は腰を浮かせて文机に近づいた。さらさらと墨を磨り、机上にあった半紙を短冊ほどの大きさに裂く。その一本ずつに〈ふげん〉〈ゆづけ〉〈りはく〉〈みづのえ〉……とかなで記した。

「あっ」

若い声に抑えようのない驚きがふくまれる。ちょうど茶を持ってきたお咲が、おどろいて足をすくませたが、さいわい盆を取り落とすにはいたらなかった。ふたりの前に湯呑みを置き、そそくさと立ち去ってゆく。

「ふゆり――」

総次郎が息を弾ませて告げる。左太夫は、にやりと笑みを返した。

「ようやく気づいたの」

孫は、並べ替えられたままの紙片を一枚ずつ指さしながらつぶやいた。

「普賢菩薩の〈ふ〉、湯漬けの〈ゆ〉、李白の〈り〉……」

「さよう、〈ふゆりみなと〉じゃ」

問い返すまでもなく、神山領最大の湊である富由里のことだろう。

「父は……おのれの居どころを残して」

総次郎がひとりごつようにいうと、左太夫は心もち目を細めて応えた。

「だれかがこの合図に気づくのを待っていたのだろう」

「ご自分から行方を晦まされたのにですか」

孫が眉間を寄せて頭を傾げる。左太夫は儚《はかな》げな笑みを口辺に刻むと、煙草盆から煙管を取り上げた。そのまま、火もつけずに咥《くわ》える。

「見つけてほしい、と探してくれるな、は同じことよ」

まるで地唄《じうた》じゃな、とうそぶいて煙管を灰吹きに打ちつける。甲高い音が起こって、そのまましばし大気を震わせた。

聞くともなくその響きを聞いているうち、総次郎が俯かせていた面をあげる。若い瞳に強いかがやきが宿り、意を決したような声が放たれた。

「同じであれば、お探ししたく存じまする」

三

「信濃屋に、でございますか」

沢田弥平次が、高まりそうになった声をいそいで呑みこんだ。「お奉行ご自身で」

なかば開いた窓を通して、雨の匂いが流れ込んでくる。梅雨はとうに明けたが、夕方ごろ、とつぜん降りだすことがあった。蒸し暑くなるから、風がない日は雨でも執務部屋の障子や窓を開けておくことが多い。

彦五郎の雇い主だった信濃屋源兵衛《げんべえ》に会ってみようと思う、と告げたのだが、沢田は戸惑い顔を隠せずにいる。かたわらでは小宮山喜兵衛が、無理もないと言いたげな面もちをたたえて若い同心を見つめていた。

きのう、祖父から紙片の謎解きを聞かされて思い立ったのである。

「――信濃屋に当たってみようと存じます」

総次郎がいうと、
祖父が腕組みをしながらつぶやく。

「彦五郎が難にあったのは、店を馘になってからじゃが」

「それは承知しておりますが、勤めておる間に何かしらあったことも考えられます」

むろん、信濃屋にも沢田が出張ってはいたが、話を聞けたのは、せいぜい番頭どまりである。彦五郎は不都合があって馘にしたもの、という以上の応えはなかった。信濃屋源兵衛といえば神山藩きっての豪商であり、いち同心がたやすく会えるような相手ではない。

「なによりも」総次郎は唇をむすんで膝をすすめた。「富由里に行かねば」

父が富由里にいるかもしれぬというなら、会える会えないは別にして放っておくわけにはいかない。が、非番の日を使うにしても、城下から日帰りのできる距離ではなかった。信濃屋は城下と富由里の両方に店を構えているが、あるじの源兵衛は湊のほうにいることが多いと聞いている。勤めを利用するようで気が引けるが、いちど信濃屋本人に会ってみたいと思っていたのはまことだった。

まあ、いずれにせよ隠居が乗り込めるところではないな、と祖父がいたずらっぽい声を洩らして破顔する。つまり、思うようにやってみろということだろう。

さっそく本日、信濃屋へ対面の申し入れをするよう沢田に伝えたのだが、どうも困惑させてしまったらしい。小宮山喜兵衛が面を伏せぎみにして、苦笑を嚙み殺していた。おそらく、祖父が奉行を務めていたころは、始終こういうふうに振りまわされていたのだろう。

沢田は祖父が奉行だった時代を知らぬ。父・藤右衛門は通りいっぺんの勤めしかしていないはずだから、惑うのも当然だった。無理を強いることに心苦しさを覚えはしたものの、ここは退くわけにいかない。

「なに、無理というは通しつづけていれば道理になるもの」

とは祖父の言だった。善かれ悪しかれじゃがな、と付けくわえたのも聞き逃してはいない。いかに信濃屋が大店とて、町奉行そのひとが面談を求めていると聞けば、無下《むげ》にはできぬだろう。

「手数をかけてすまぬが、わたしが出向くと信濃屋に申し入れてくれ」

いくらか声を強めていうと、

「承知つかまつりました」

短く告げて沢田が低頭する。小宮山喜兵衛も、まずはよろしゅうございましょう、というように唇もとをほころばせた。

# 四

磯の匂いが近づくにつれ、鼓動が高まってゆく。左太夫は編笠を上げ、こころもち歩みを速めた。白っぽい日ざしのなか、路上に落ちた影がやけに濃く見える。時おり女衆や子どもたちが思い思いに通りを横切っていった。

目に留まる武家は、おのれひとりである。たまさか童などからふしぎそうな眼差しを向けられはするが、富由里湊には侍の出入りも多いから、そこまで奇異というわけでもないはずだった。

総次郎は、どうにか信濃屋源兵衛と会う手筈をととのえたらしい。喜兵衛をともない、今日あたり富由里に着くと聞いているが、孫には内密でおのれも富由里を訪れることにした。みとめたくはないものの、居ても立ってもいられぬとは、こういうことだったのだろう。おかしな話だが、謎解きをした本人だからか、藤右衛門が富由里にいるという確信が日増しに大きくなり、そのままでいられなくなった。

総次郎に黙っていることはもう一つあった。喜兵衛に頼み、町奉行がひそかにこの湊を訪れると噂を流してもらったのである。余人なら訳を聞きたがるところだろうが、老与力は黙ってうなずき返しただけだった。もし倅の耳に入れば、やはりじっとしてはいられまい。たとえ心もちの隅でも、見つけてほしいと思っているなら尚更《なおさら》だった。かならず町のどこかに姿をあらわすだろう。

まずは浜のほうへ行ってみるつもりだった。倅が立ったかもしれぬ土を踏み、眺めたかもしれぬ海を見ておきたかったのである。

町はずれにかかると、にわかに道がせまくなる。こちらだろうと見当をつけ、ひときわ細い小路をたどった。ひと足すすむごとに海の気配が強くなってくる。気がはやるのか、その逆なのか自分でも定かではないが、足どりはしだいに鈍くなっていった。倅がどこかにいると思えば身構えるものがあるらしい。

路地の向こうから海鳥の声が聞こえてくる。それにつれて、潮の高鳴りも重さを加えてくるようだった。薄汚れた野良猫が嘲るふうに目のまえを通りすぎてゆく。

ふいにまばゆい光を浴びた、と思った瞬間、眼前に銀色の水面が広がっている。糸のごとくうねった襞《ひだ》が無数に浮かび、見知らぬ生きもののようにうねっていた。

海原を眺めつつ、立ち尽くす。胸の裡まで波騒《なみざい》に浸されるようだった。視線を飛ばし、右手に広がる松林を見つめる。いくぶん日ざしに疲れてもいたから、そのなかで涼を取ることにした。

松のそよぎと波の寄せる音が混じり合い、耳の奥で渦を巻く。おのれが何者で、なぜここにいるのか、つかのま分からなくなりそうだった。

根方に腰を下ろすと、竹筒を取りだして先をふくむ。生ぬるい水が粘ついた口のなかを這うように流れていった。松の葉陰から洩れる日が、爪先のあたりを照らし出している。

座ってみたのはむろん疲れを取るためだが、ひょっとしたら、ふらりと倅があらわれはせぬかと思ったこともあった。見つけてほしいと探してくれるなは同じこと、とうそぶいたのはおのれだが、さほど的をはずしてはいないだろうと感じる。そのどちらに傾くかは時によってことなり、藤右衛門自身にもしかと分からぬのかもしれなかった。

が、四半刻ほどそうしていても倅の気配どころか、人影すらろくに出くわさない。時おり漁師とおぼしき男たちが浜を横切り、こちらに胡散臭げな眼差しを投げてゆくだけである。あとは子どもたちが連れ立って波打ち際で遊んでいるくらいだった。

左太夫はおもむろに膝を起こした。まだ手を突かずに立てていると安堵の思いが湧く。若いころ通っていた影山道場の先代から、立ち上がるときは手を使うなと教えられたのだった。それだけで軀の持ちが違うという。

いつの間にか海鵜《うみう》が一羽、水面に近いところを飛んでいる。左太夫は踵を返し、松林を掻き分け歩を進めた。今日はこの湊町に投宿するつもりでいる。もし倅に会えたら何から話しはじめたものか、と胸の裡で幾度も繰りかえした。

## 五

視界をふさいでいた松並木が途切れると、深く大きな弧を描いた浜辺が眼前に広がる。いちめんに午後の日ざしが降りそそぎ、どこまでもつづく水面がきらめいていた。おだやかながら重みのある波音が、絶え間なく耳朶をくすぐる。

富由里は神山城下最大の湊である。いまは一隻も見えないが、北前船が立ち寄る時期には海が見渡すかぎり船影で埋まるという。話には聞いていたが、総次郎も足をはこぶのは初めてだった。

浜を横目に見ながら、街道に沿って歩きつづける。海原は細い糸のようなかがやきに満ちており、波騒につれて、ゆるやかにたゆたっていた。渚を歩いてみたい気もちにも駆られたが、そのまま足をすすめ、町なかへ分け入ってゆく。信濃屋との対面は明日と決していた。今のうちに能《あた》うかぎり調べをすすめなければならない。

浜の近くは漁師たちの小屋でおおかた埋め尽くされているが、そこを過ぎれば、潮と干魚の匂いを感じる以外は、ごくありふれた街並みが続いていた。その中心を大河といってよい流れが貫いている。遠い北の海を越えてきた船団は、外海の波を避けてここに停泊するらしかった。

この近くに彦五郎の生家があると聞いている。事件直後、奉行所の者が訪ねてはいるが、おのれの目でたしかめてみたいという心もちを抑えかねたのだった。

彼の者は卸《おろし》をいとなむ家の五男だったという。湊で獲《と》れた魚を買い上げ、城下の料亭などに捌《さば》く商いである。漁師や棒手振《ぼてふ》りなどにくらべれば生活《たつき》にゆとりはあったろうが、末の子では分家もおぼつかない。富由里とはつながりの深い信濃屋にたまたま丁稚《でっち》の空きがあり、拾われたということだった。

番屋で血にまみれていた彦五郎の骸を眼裏に呼び起こす。あの男はどうやって命を使い、そして終えたのかと思った。見たこともないのに、生きて動く三番番頭の姿を虚空に描こうとしている。

町なかの道は幅が広く、大きな荷車でも楽に通れそうだったが、時おり覗く路地は狭く折れ曲がっていて、魚を捌いてでもいるのか、奥からひときわ濃い血と臓物の匂いがただよってくる。昼日なかにもかかわらず、小道のぜんたいが、ぼんやりとした影に覆われているようだった。

だいたいの場所は聞いていたから、彦五郎の生家を見つけるのにさほどの手間は要さなかった。町はずれに暖簾も出さず鎮まりかえっている商家がそれらしい。店先には腰くらいの高さをした木の台がいくつもならび、そのところどころにうっすら血のようなものが滲んでいる。朝獲れてきた魚をここに置くのだろうが、いまは昼も闌《た》けているから、一匹も残ってはいない。照りつける日ざしを浴びて生ぐさい香りが立ちのぼっているだけだった。

喜兵衛が先に立って訪《おとな》いを入れる。一日の仕事はすでに終わっているのだろう、すぐには応える声もなかったが、幾度か呼ばわるうち、ようやく七十近いと思われる老人がひとり、奥からあらわれ出た。足がわるいのか、右の爪先を引きずるようにしている。

怪訝そうな眼差しでこちらを見やる老人に、喜兵衛がわけを話す。総次郎が奉行そのひとであるのは伏せているが、お調べで来たことは隠さなかった。

年のころからして想像はついたが、老人は彦五郎の父で、名は繁蔵《しげぞう》というらしい。すでに隠居の身だが、まだ店には関わっている。家業を継いだ長男は商用で城下に出ており、今日は留守番というところのようだった。

息子が殺されたことはむろん知っている。が、まだ心もちが落ち着かぬのか、すこし頭がゆるんでしまっているのか、なにを尋ねても彦五郎がおさない折の話を繰りかえすばかりだった。富由里でも指折りの聡い童だったらしく、五歳で九九が言えただの、漢字《まな》は千も知っていただのと聞かされたが、こたびの事件につながってくるようなことは出てきそうもない。喜兵衛も、そろそろ切りあげましょうと目でうながしてきた。総次郎はうなずき返し、あらためて繁蔵の瞳を見つめる。

「いろいろ聞かせてもらってかたじけない……邪魔をしたな」

礼を述べながらかるく低頭し、通りに出る。老爺も呼びとめようとはしなかった。真夏のつよい光が頭上から降りかかり、視界がつかのま白くなる。ひどく重いものが胸の奥に澱むのを感じていた。

総次郎の脳裡を占めているのは話の中身でなく、それを語った繁蔵の声や表情だった。立ち枯れた枝のような老人が、当人が目のまえにいるかのごとく熱を入れて、死んだ子のことを語っていたのである。親とは、ああいうものかと思った。

藤右衛門にはどこか余人を避けているふうなところがあって、息子である総次郎も例外ではなかった。幼いころはまだしも、町奉行に就いたころから特に甚だしくなった気がする。ともに何かをしたという記憶がなかったし、父が家を空けることも多くなった。

思えば、お勤めだけで疲れ切り、家人に目を向けるゆとりを失っていたのかもしれない。いま、それを責める気にはなれなかった。ひとは場を与えられれば伸びるというが、すべての者がそうだというわけでもないだろう。とくに、名判官と持て囃された左太夫のあとではなおさらである。おのれがこの先どうなるかは別として、町奉行という職の重さを知ったことは父を考える上で大きかった。

「――参りましょうか」

心なしか喜兵衛の声も常より重くなっている。そういえば、この男も息子を失っていると聞いた覚えがあった。はやく切り上げようとしたのは、倅のことを思い出したからかもしれぬ。

「海のほうに行ってみよう」

編笠をかぶり直し、先に立った。喜兵衛はとくに拒むようすもなく付いてくる。やはりどこか放心しているふうだった。

行き方をはっきり知っているわけではないが、通りに沿って歩をすすめた。潮の匂いと波騒が近くに感じられる。多少迷っても辿りつくのは難しくないはずだった。

海を見たいと思ったのは、ふかい意味があってのことではない。強いていえば、知らぬ間にたまった身内の澱《おり》を流せるような気がしたのだった。

昼下がりの町にはふしぎなほど人影が見当たらず、つよい光に焙られた通りはひどく白茶けて見えた。男たちは夜半の漁にそなえて、もう床についているのかもしれない。

なにを話すでもなく歩みつづけるうち、波の音が大きくなっている。右手に覗く細い筋が海へと通じているらしかった。振りかえると、喜兵衛も小さく顎を引いて応える。総次郎は潮の匂いがただよう小路へと爪先を向けた。

裏道をひと足たどるごとに波騒が高まってゆく。ちょうど潮が満ちる時刻なのか、その響きは重く、肚の底に向かって叩きつけてくるようだった。崩れかけた家が何軒もつづいており、ゆがんだ戸口の奥から時おりこちらをうかがう視線が感じられる。敵意めいたものはなく、むしろ怯えているふうな気配すらあった。

やがて絞られたように細い道の行く手に光が差し、ひときわ波音が増す。総次郎の全身を濃い潮の香がつつんだ。

どこまでも広がる海原は銀色のかがやきに覆われ、水面に数えきれぬほどの襞が刻まれている。波の動きにつれ、その襞がゆらめきうねって岸のほうへ近づいてくるのだった。

あたりに人影はなかったが、高い空と雲の間を海鳥が群れになって飛び交っている。啼き声らしきものが風に混じり、遠く近く谺していた。

総次郎は何度もふかく息を吸った。胸にとどこおったものが急に晴れるわけもないが、いくばくかは重みが減じた気もする。かたわらでは喜兵衛が砂浜に腰を下ろし、海原の果てに目を飛ばしていた。

眼前に広がる海を渡って、見知らぬ土地を行き来する者たちがいるのだな、と思った。神山領を出たこともないおのれには想像するしかないが、かなうなら一度は見てみたい気がする。大きくこうべをめぐらせ、ところどころ湧き上がる雲を見渡した。

——え？

動かしていた首をふいに止める。だれもいないと思っていた視界の果てに、うごめく影を感じたのだった。

つぎの瞬間、総次郎は走り出している。おどろいた喜兵衛が立ち上がり、呼びかけてきたが、遠目にとらえたものへ向かって、ひたすら駆けていった。

が、目指す影はひと足はやく松並木のなかに紛れ、見えなくなっている。あたりに目を凝らしたが、どうしても見出すことはできなかった。

「……いかがなされましたので」

ようやく追いついた喜兵衛が、息を切らして肩を落とす。与力のようすを窺うゆとりすら失くして、総次郎は影の消えた松林を見つめていた。喉の奥から絞り出すような声が洩れる。

「え?」

聞き取れなかったらしく、喜兵衛が喘《あえ》ぎまじりに問い返す。総次郎は息をととのえ、ひとことずつ区切るように告げた。

「父を……見たような気がした」

# 六

北前船の立ち寄る時季は賑わうのだろうが、草鞋《わらじ》を脱いだ旅籠《はたご》はひとの気配も少なく、どこか黴臭《かびくさ》い匂いさえただよっていた。奉行所の者が使う宿は町の大通りにあるが、わざと離れたところを選んだから仕方ないともいえる。

左太夫は窓を開け、手摺りに上体をもたれさせた。松林の向こうに浜辺がうかがえる。水面のかがやきは盛りをすぎ、すでに沈んだ色をたたえていた。

階《きざはし》をあがる音が聞こえたかと思うと、開けていいかと形だけ問う声が立つ。それでいて返事をする間もなく襖が開き、塗りの剝がれた膳を掲げた女中が入ってきた。夕餉にはいささか早いが、宿の都合なのだろう。

味噌汁の色が濃く見えるのは、海藻が入っているためらしい。あとは何の変哲もない鰺《あじ》の塩焼きと香の物くらいだが、飯は炊き立てのようで、まだ湯気がのぼっていた。

給仕などする気もないらしく、あとで下げにくるとだけいって女中は部屋を出てゆく。左太夫は匂いに誘われる体で、さっそく箸を取り、汁椀に手を伸ばした。

ひとくち含むと、麦味噌の風味が舌のうえに転がる。歯ごたえある海藻からは、潮の匂いが染み出してくるようだった。鰺は無造作に焼かれただけだが、飯とともに嚙むと口のなかいっぱいに、ほどよく乗った脂がじゅわりと広がってゆく。

「うまい」

ふだん独り言をいわない左太夫だが、吐息とともに声が洩れた。とくべつ手をかけているとは見えぬから、素材のよさだけでこれほど旨くなったということだろう。

残らず平らげ番茶を啜ったときには、斜めから差しこんだ夕日が松林と浜辺を燃え立たせる頃合いとなっていた。雲はまばゆいほどに焙られ、縁のあたりで黒い筋と茜色のうねりが混じりあっている。まるで、もうひとつの海が空に広がっているようだった。

今いちど窓辺に寄りかかり、眼差しを飛ばす。湊町だけあって、夕暮れの風に涼しげな気配がまじっていた。鬢《びん》のあたりに大気のそよぎを感じつつ、懐に手を差し入れる。

摑み出したのは、藤右衛門の残した数枚の紙片である。もう何度も見ているから必要はないが、目を落とさずにいられなかった。殴り書きめいた筆跡が、虫の行列でもあるかのようにつらなっている。

これを文机に置いたとき、倅はどのような心もちだったのか。そうした考えが頭に浮かぶたび、胸の奥に鈍い痛みが走った。総次郎から聞いた根付の話が禍々しい雲のように脳裡を過ぎる。

酒をつけた部屋もあるのだろう。いつのまにか、旅籠のあちこちから賑やかなさざめきが聞こえてくる。こちらも一本つけてもらおうかと思ったが、膳を下げに来るといった女中は、いつまで経ってもあらわれなかった。

# 七

潮の香りに埃っぽい雑踏の気配が混じってくる。かたわらを歩む小宮山喜兵衛も、編笠の下で鼻をむずむずさせていた。目指すところはもう遠くないらしい。昨日の疲れが残るふくらはぎに力が戻り、総次郎はいくらか前のめりになって歩を速める。手を伸ばせば摑めそうなほど近くを燕が二羽、ならんで横切っていった。おもわず足をとめたが、編笠をあげたときにはもう見失っている。

城下とは比ぶべくもないが、廻船問屋の出店を中心に大きな通りが伸び、人通りも多い。なかでも信濃屋は領内きっての大店だけあって、豪壮というほかない店がまえが離れたところからでも目に飛びこんできた。十間以上あるとおぼしき門口にはひとの背丈くらいの暖簾が幾枚もかかり、ひっきりなしに商人や船頭が出入りしている。敷地もゆうに三軒ぶんはあるだろう。黒光りする瓦屋根はつややかに光り、壁の漆喰は塗ったばかりかと思うほどに白かった。

「……あの店は建て替えて四、五十年になりますが、手入れを絶やしませぬ」

考えたことが伝わったのか、喜兵衛が説明するふうな口調でつぶやいた。何十年も前のことだから話に聞くだけだが、〈楓馬場《かえでばば》の変〉と呼ばれる騒乱が起こったころだろう。現在の筆頭家老である佐久間隼人正が政の実権を手中にしたのは〈桜ヶ淵の変〉に勝ちを収めたためだが、桜だの楓だの、名まえだけは雅《みやび》なものだと思った。神山に限るまいが、国というものは争いを生み出すためにあるのかとさえ感じられる。

事件を裁くほうが楽だとは思わぬが、そこに何らかの罪や悲しみがあるという実感はあった。政にそうした血や骨のごときものがあるのかは、まだ分からない。

考えているうちに店先へ辿りつく。見上げる首が痛くなるほど軒先が高かった。喜兵衛が訪いを入れているあいだに、また燕がかたわらを擦りぬけてゆく。町のあちこちに巣をつくっているようだった。

あらかじめ沢田が話を通してくれていたおかげだろう、待つほどの間もなく、なかへ招じられる。入ってすぐの土間もおどろくほど広く、並べられた草履は二十足くらいもありそうだった。得意客らしき町人や帳場に陣取った雇い人たちが、そろってこちらへ視線を向ける。が、武家の一行を憚ったのか関心がないのか、かるく会釈すると、すぐに目を戻して商談らしきものをつづけていた。

なかに上がって大身の武家屋敷かと見紛うような長い廊下を歩んでいると、たった数ヶ月前には藩校で学んでいたことが不思議に感じられる。自分が信濃屋の内にいるというのは幻で、目につく襖の向こうでは、武四郎や朋輩たちが論語の講義でも聴いているのではないかという心もちに見舞われた。

だが、物思いに捉われている時間はそう続かなかった。縁側を通るとき、ひときわあざやかに広がる木槿《むくげ》の花弁が視界をかすめたかと思うと、先導する番頭が、

「こちらでございます」

と告げて障子戸のまえに膝をつく。なかに向かって呼びかけると、聞き取れぬほど低い声で応えがあった。番頭が立ち上がり、そろそろと障子をひらく。少しずつ視界が広がり、室内のようすが目に入ってきた。

二十畳はあろうかというひと間の中央に、恰幅《かっぷく》のよい五十がらみの男が坐している。髷は白髪が六分というところだった。さ、こちらへ、と腹に響く声でいって、向かい合う座を示す。総次郎の右手に喜兵衛が腰を下ろした。

男は信濃屋のあるじ源兵衛である。代々つづく老舗の当主だが、知らぬ人が見ればそうは思うまい。船頭から叩き上げたかと見えるほどの逞しい軀つきをしており、日に焼けた肌はほとんど褐色といってよかった。公家のごとき風貌を想像していた総次郎は、つかのま戸惑いを覚えてし

まう。

「わざわざ富由里までお運びいただき、まことに恐れ入ります」

信濃屋は両手をついて丁重なあいさつを述べると、おもむろに額をあげた。底光りする瞳をためらいもなく向けてくる。

「して、本日ご用の趣きは――」

言いさして、見落としそうなほどかすかに唇もとを歪める。「彦五郎のことと承っておりますが」

「いかにも」

まずは喜兵衛が口火を切る。総次郎を仰いで重々しく付けくわえた。「異例のことながら、お奉行じきじきのお出ましである。何ごとも包み隠さず申し述べよ」

「ご念には及びませぬ」

言い切った信濃屋が、ふいに遠い眼差しを浮かべた。どこか興深げな口調で告げる。

「まるで先々代のお奉行さまのようでございますな。お目にかかったことはありませぬが」

その孫だ、と言おうとしてやめた。目のまえの男は、なにもかも承知で左太夫のことを口にしているのだろう。ひと足ずつ慎重に進めようと思った。

「……彦五郎のことをくわしく教えてもらいたい」

目に力を籠め、ことばを押し出した。首すじのあたりが汗ばむのは、蒸すように暑い大気のためばかりではないだろう。

「承知つかまつりました」

信濃屋は慇懃《いんぎん》なしぐさで顎を引くと、おもむろにいった。「では、まこと失礼ながら、まずお奉行さまにお尋ねしたきことがござります」

視界の隅で喜兵衛が眉をひそめたのが分かる。咎めるふうに唇を開きかけたのに気づき、さりげなく右手で制した。濃い茶色の肌から目を逸らさずに発する。

「聞こう。何であろう」

「ひとに裏切られたことはおありでしょうか」

おぼえず絶句した。喜兵衛も、ぴくりと肩を動かしている。信濃屋は身じろぎもせず、こちらの目を見据えていた。澄んでいるとは思わぬが、弱々しさや老いを微塵も感じさせぬ眼差しと映る。

父の蒼白い顔が脳裡をかすめたが、あの失踪を裏切りと呼ぶのは、すこし違う気がした。気圧されそうになるのをこらえ、ふかく息を吸って応える。

「ないな、少なくとも今のところは」

信濃屋は、なるほど、とそのことばを嚙み砕くようにいって、かるくこうべを振った。

「わたくしは幾度かござります。気づいているうち、いちばんあたらしい相手が彦五郎でした」

気づいているうち、ということばが鋭く肺腑に突き立った。あらためて信濃屋源兵衛の面ざしに見入る。底知れぬ影が瞳の奥に蹲っているようだった。

「童の時分から手塩にかけて仕込んだ男でしたが、とんだ眼鏡ちがいでございました」

もともと鋭い視線をいっそう険しくして語を継ぐ。気がつくと、背中ぜんたいが汗で濡れ、襦《じゅ》袢《ばん》が肌に貼りついていた。

彦五郎は丁稚からの叩き上げだという。信濃屋のような老舗ではめずらしいことだろうが、心利くさまに目を留め、あるじ源兵衛みずから三番番頭にまで引き立てた。ゆくゆくは一番番頭にさえもと望みをかけ、嫁まで世話して可愛がってきたらしい。

「それが、こともあろうに使い込みとは」言いさして、厚い唇を嚙みしめる。「お奉行さまには釈迦に説法と存じますが、まことひととは分からぬものと骨身に沁みました」

総次郎はひとことも差しはさまず、向かい合う男のことばを聞いている。重い声音が耳朶を震わせ、頭の奥に分け入ってくるようだった。

彦五郎は使いこんだ金を博打《ばくち》に投じていたという。大店の番頭ともあろうものが、なぜさようなことを、と惑う気もちも湧いたが、たった幾月かの奉行職でも、ひとにはまさかがある、と思い知らされている。あり得ない、ということ自体がこの世にはないらしかった。

ことを表立てぬよう、懐に入れた十両を暇金《いとまきん》がわりにして放逐した、というのはすでに沢田が調べてきた通りである。信濃屋の言に訝しいところはなかった。

開け放たれた障子戸の向こうに、零れるような緑を繁らせた松の梢が覗いている。晴れ渡った空から日ざしが降りそそぎ、濡れ縁のあたりをくっきりと照らし出していた。

遣りとりがふいに途切れ、ほとんどないと思っていた風の音が耳に飛び込んでくる。おだやかな響きのはずが、いまは焦りを掻き立てるもののように感じられた。

「お尋ねばかり申し上げるのもいかがかと存じますが」

信濃屋が唇をひらく。地の底から響く声が伸《の》しかかってくるようだった。「この世の罪で最たるものは何だと思われますか」

「罪……」

息を呑み、魅入られたごとく相手のことばを繰りかえす。褐色の肌がにわかに濃さを増したように見えた。信濃屋がゆったりとうなずく。

「さよう、罪でございます」

奉行所へ駆け込んで来た大工の女房おふでの面ざしが脳裡にちらつく。偽りの訴えを仕組んだ廉《かど》で領外追放に処したが、それがまこと、あの女の罪だったのだろうかと思うことがあった。

「……あるいは、世のしくみそのものが罪であろうか」

気がつくと、自分でも思いがけないことばを発している。喜兵衛が呆気に取られた体でこちらを見やっていた。

信濃屋はつかのま虚を突かれたような面もちを浮かべたが、やがて唇もとに愉快げな笑みをのぼせた。

「無礼な申しように相成りますが、面白いことを仰せでございます。さすが、みずから富由里まで来ようという方は違いますな」

「では、そなたの答えはなんだ」

総次郎は、信濃屋の面をまっすぐ見つめた。どこかこの男に挑むような心地を覚えている。

「それは」信濃屋源兵衛がすいと笑みを収める。眼差しに深い影を浮かべていった。「裏切ることでございます」

向かい合う男の声が臓腑を鷲摑《わしづか》みにする。鬢のあたりに冷たい汗が湧き、ひとすじ流れ落ちていった。相手は意に介したようすもなく、つづけざまにことばを発する。

「この世は人と人との信義で成り立っております。それを裏切るのが、罪の最たるものでなくて何でございましょう」

「…………」

「手前どもはこの地に御家がひらかれた時よりのお付き合い。まこと恐れ多きことながら、神山を支えて参ったという思いがございます」

かたわらに坐す喜兵衛の喉が大きく動く。息を呑みこんだのだろう。が、信濃屋はやはり目に留めた様子もなかった。

「信濃屋は決して御家を裏切りませぬ。また御家も」

「――裏切ったら、どうなる」

不覚にも声が揺れている。それでいて問わずにはいられなかった。

信濃屋源兵衛がことばを途切らせる。濃い紫色をした唇に見入っていると、やがてその辺りが大きく歪んだ。とてもそうは見えなかったが、笑みを浮かべたものらしい。むろん見たことはないが、地獄の邏卒《らそつ》が笑ったらこういう顔をするのだろうかと思った。

それきり、信濃屋は声を発さずにいる。こちらも重ねて問う気にはなれなかった。

熱く湿った大気が部屋のうちに流れ込んでくる。総次郎は額に滲む汗を拭うことも忘れたまま、目のまえに坐す褐色の男をいつまでも見つめていた。

# 八

寝坊を楽しむ齢でもなくなってきたが、やはり昨日はそれなりに疲れていたらしい。朝餉をはこんできた女中に起こされるまで目が覚めなかった。

顔を洗って部屋へもどると、開いた窓の向こうにきらめく弧が伸びている。きょうも日ざしはつよく、目を開けていられないくらいの輝きが遠く近く水面を覆っていた。松林の方からかまびすしいほど蟬の啼き声が響いてくる。

女中が持ってきたらしく、膳だけがぽつりと残されていた。夕餉に輪をかけて簡素なもので、大根の味噌汁と飯に太刀魚《たちうお》を揚げたものがついている。とはいえ、もともと淡白な風味が油と混じり合って朝餉にちょうどよい。この宿はぞんがい当たりだったかもしれぬ、と思った。

食べ終えたあと、膳はそのままにして外へ出る。宿にいてもすることがないし、外を歩いたほうが藤右衛門に出くわす目も増えるはずだった。

とくに当てもないまま、足にまかせて通りをそぞろ歩く。潮と干魚の匂いが町じゅうに広がっていたが、左太夫じしんに関していえばむしろ心地よさを覚えるほどだった。隠居してから釣りに親しんでいるせいかもしれない。

気随な着流し姿だし、武家を見なれてもいるのだろう、人通りはそれなりにあったが、こちらへ視線を向けてくる者はほとんどいない。たまにいても、すぐ興なげに眼差しを移すだけだった。

首すじのあたりに痛いほどの陽光が降りそそぐ。懐紙を出して押さえると、知らぬ間に汗が滲みだしていた。

また浜に出てみようかと思ったが、きのう行ったところだから、どことなく億劫に感じる。用はないが、運上所を覗いてみる気になった。かなり前にいちど立ち寄ったことがあるから、その折の記憶をまさぐって爪先の向きを変える。

運上所というのは藩がもうけた役所のひとつで、北前船から荷揚げした品を検めるところである。春に大坂を出た船は、まだ蝦夷地《えぞち》で品物を集めているころだろう。彼の地を発つのは八月の終わりごろだから、富由里湊に寄港するのはまだ先のことだった。いまは静かなものだが、ひとたび着くとこの湊も喧騒を極めるにちがいない。

——北か……。

ふと北前船の拠りどころである蝦夷地に思いを馳せる。せまい城下で起こるさまざまなことどもを裁いて一生を送ってきたが、はるか隔たるところにも人の暮らす土地があるのだった。今さら彼の地を見てみたいとは思わぬが、おのれの経てきた道がひどく小さなものだったと気づく。が、ほぼすべての生は小さいのだということも分かっていた。

考えを巡らせるうち、足が思わぬほうへ向かっていたらしい。気がつくと、せまい路地に入り込んでいた。向こうからだれか来れば擦れ違うのがむずかしいくらいの道幅で、小刻みに曲がりくねっているからどこまで続いているのか窺うこともできない。まわりには人影も絶え、心なしか蟬の声も弱くなっているようだった。

波の音が耳の底に響いている。海がどちらか分かれば宿へ帰れぬこともあるまいと、そのまま歩をすすめた。道は二、三間さきで大きく折れ曲がり、視界が利かなくなっている。

とつぜん大気が割れた。曲がり角の向こうから突き出された切っ先が肩口に迫ってくる。とっさに抜いて横へ払うと同時に、大刀を手にした編笠の武家が姿をあらわした。

ひと違いか、などと質しているゆとりもない。編笠の男は休む間もなく次の一撃を見舞ってきた。甲高い刃の音が立てつづけに夏の朝を震わせる。対手《あいて》の打ち込みは重く、受けとめるたびに手がしびれた。

どちらかといえば腕に覚えはあるほうだが、隠居して久しく、膂力《りょりょく》も若いころのままとはいかぬ。しだいに息があがってくるのを留めることはできなかった。すでにしとどな汗が総身を濡らしている。このままでは押されてゆくだけだろう。

気づかれぬよう、わずかに動きを抑え、息をととのえる。対手も休みない斬撃に疲れたのか、いくらか剣のいきおいが落ちてきたようだった。左太夫は八双に構えたまま、大きく一歩を踏み出す。

渾身の力で振り下ろした太刀筋が対手の剣を弾く。編笠の男は泳いだ切っ先を立てなおそうとしたが、すかさず左太夫の刃が閃き、手から大刀を叩き落としていた。

振り抜いた剣先をひるがえし、上方に向けて斬りあげる。対手がかぶった編笠の庇が裂け、こぼれる陽光がその面もちを照らし出した。

「やはり……」

洩れた声は、じぶんでもおどろくほど静かだった。むしろ藤右衛門のほうがどこか拗ねたような口ぶりで問いかけてくる。

「――いつからお気づきで」

端からだ、と応えて納刀する。鍔《つば》の鳴る音がやけに高く響き、油蟬の啼く声がそれに重なった。

太刀筋の重さ鋭さにもかかわらず、殺気がほぼ感じられなかった。剣客というわけではないが、左太夫とて長年いのちの切所《せっしょ》に身を置いていたから、それくらいは分かるようになっている。

「わしを試したのか」

問う声がしぜん苦々しくなってしまう。藤右衛門は破れた編笠をかなぐり捨て、吐き捨てるような口調で応えた。

「いかにも……いや、いっそ斬ってしまいたかったのやもしれませぬ」

「…………」

蒼ざめた顔色は以前と変わっていない。倅のことばは、ふしぎに胸を乱さなかった。あるいは、ずいぶん前から分かっていたことなのかもしれぬ。押し黙っていると、藤右衛門がにわかに自嘲的な口ぶりとなって付けくわえる。

「斬れれば、の話でござるが」

やはり敵《かな》いませんでしたな、とつぶやき、はっきりと声に出して笑った。それはおそろしく虚ろな響きで、こうした笑い方をする男だったろうかと記憶をまさぐる。が、まえに藤右衛門が笑ったのはいつだったか、どうしても思い出せなかった。

「みな案じておる」

我ながらありきたりのことを言うと呆れたが、それ以外のことばが浮かんでこない。藤右衛門は皮肉げに唇もとを歪めると、かすれた声を放った。

「父上と総次郎がおれば、なんの障りもございますまい」

不肖の倅、不肖の父でござれば、とつづけた響きはひどくやさぐれていて、かりにも十年間町奉行を務めた者のそれとも思われない。左太夫は胸の奥に抉られるような痛みを感じていた。もっと前にこうした話をすべきだったのだろうが、もう遅いということも分かっている。とうに岐れ道は越えていたのだろう。

「なぜ、ここにいる」

重い声を振り絞るようにして問うた。藤右衛門が眉を寄せ、色のわるい唇を噛みしめる。

「申せませぬ」

「今は、ということかの」

すかさず畳みかけると、倅がおもわずといった体で苦笑を洩らす。その音にまじって、どこからか海鵜の啼き声が聞こえてきた。

「それは、向後《こうご》の成りゆきしだい」

藤右衛門が一歩下がって低頭し、少し離れたところに投げ出された大刀を取り上げる。そのまま鞘におさめると、ためらいもなく背を向けた。

左太夫は、歩み去っていく後ろ姿をことばもなく見つめた。藤右衛門は一度も振りかえることなく、ゆったりと歩を進めていく。藤の根付は身に着けていなかったな、と思い至ったのは、倅の影が視界からすっかり消えたあとだった。

# 父と子

## 一

　控えの間に入ってきた若侍は、おのれとさして齢もかわらぬようだった。ご家老がお呼びでございます、と告げたから、佐久間隼人正の近習《きんじゅう》なのだろう。よく仕込んであると見え、おなじ年ごろだからといって心安げな気配をただよわせることもない。総次郎は、

「承知つかまつった」

　と応えて立ち上がった。登城の日は一室に控えているだけで、さしたる役目もない。上つ方からご下問のあることもあったが、なければ弁当を食って下城するだけだった。とはいえ、仕事がなければ登城しなくていいものでもない、というくらいは分かっている。日々驚くほどさまざまな決まりごとがあり、それらをひとつひとつ果たしてゆくことで武家の暮らしは成り立っているのだった。

　若侍について廊下へ出ると、武者窓の向こうに湧き立つような雲が浮かんでいる。北前船の立

ち寄る土地ではあるが、夏はむしろそうとうに暑かった。が、秋から先は駆け足で大気が冷えてゆく。生まれ育った場所ながら、身が縮むような冬の厳しさを思うと、いくらか気が重くなるのも事実だった。

御用部屋の前に立って若侍が声をかけると、なかから短い応えが返ってくる。襖を開け、どうぞと促されはしたものの、当の近習が入ってくる様子はなかった。

二十畳近いひと間に、佐久間隼人正が坐している。引き締まった面もちが祖父にどこか似ていた。年ごろもおなじくらいだから、なおのことそう感じるのかもしれない。

まあ座れ、といわれるままに腰を下ろす。襖は閉め切っているが、どこから差しこんでくるものか、部屋のところどころにきらめくような日ざしが息づいていた。

「お役目には慣れたか」

錆びた声が正面から迫ってくる。威圧するつもりはなさそうだが、低く揺さぶるような響きに胸を摑まれる心地がした。われしらず唾を呑みこんでいる。

「おかげさまを以ちまして」

どうにか応えたものの、鳶色の瞳から目を逸らすことができない。ことばを交わしたことはあるが、ふたりきりでというのは初めてだった。そのためかどうか、きょうの筆頭家老は常に増してするどい空気をまとっている。

「――爺さまと会《お》うているようじゃの」

いきなり突きつけられたことばに、おもわず息を吞む。きのう富由里から帰ったばかりで、まだ左太夫には会っていない。が、家中の動きはあらかたお見通しということなのだろう。この人物がさまざま網を張り巡らして動静を摑んでいることは、なかば公然の事実として藩内に知られていた。あらためてそれを目の当たりにしただけともいえる。隼人正じしん、ことさらひけらかすつもりもないようだった。

とっさに考えを巡らしたが、否んでも無駄だということは分かっている。目は伏せ、声だけを絞りだした。

「はい……時おり」

「達者か。春ごろ会うたきりじゃが」

はじめて聞く話だったので戸惑ったが、左太夫も隠していたわけではあるまい。祖父のことだから、話す要を感じなかったのだろう。すこし間を置いてから、しごく壮健でございます、とだけ応えた。

まあ、あの男はいつも壮健だろうがな、とめずらしく軽口めいたものを洩らす。その口調がふしぎなほど親しげに感じられた。祖父と佐久間がどういう間柄かなど、考えたこともない。が、何か問い返すまえに、筆頭家老が膝先から湯呑みを取り上げる。静まり返った室内に、茶を啜る音だけがはっきりと広がった。いつの間にか黄鶲《きびたき》の啼き声が耳の奥を転がっている。本丸のかたわらにある庭園から聞こえてくるのかもしれなかった。

空になった湯吞みを置くと、佐久間がおもむろに唇をひらく。重く低い声が畳の上を滑っていった。

「藤右衛門も不愍な男だ」

えっ、という呻きが喉の奥から洩れる。筆頭家老はいくぶん皮肉げな眼差しでこちらを見据えると、

「そう思うたことはないか」

むしろ不思議がるような口ぶりで語を継いだ。「親父が名判官などと持て囃されると、伜の立つ瀬がない」

それでいうと、そなたはめぐまれているな、とつづけたが、皮肉というわけでもないらしい。返答できずに口をつぐんでいると、

「せいぜい励むことだ」

ひとりごつようにつぶやき、用は済んだというふうに頷いてみせる。みじかく応えて立ち上がろうとしたが、膝に力が入らない。冷たい手で背すじを撫でられるような心地をおぼえていた。佐久間が、それを見透かしたかのごとく唇を歪める。筆頭家老の笑みに、ひどく酷薄なものが含まれている気がした。

## 二

「父上に……」

富由里で藤右衛門に会ったことを告げると、総次郎がことばを失った体で喉を詰まらせた。

が、一座の目が自分に向けられていることを思い出したのだろう。かるくこうべを振り、いくらか落ち着いた口調になってつづけた。

「して、居どころは」

「そこまでは分からぬ」

左太夫は吐息を洩らしてつぶやく。斬ってしまいたかったのやもしれませぬ、という倅の声が、いまでも耳のいちばん奥で鳴り響いていた。

離れの濡れ縁をつよい陽光が焙っている。油蟬がひっきりなしに啼き声をあげ、大きな声で話さないと聞き取りにくいほどだった。とうとう耳でも遠くなったかと思ったが、総次郎や日野武四郎もしきりに聞き直しているから、そういうわけでもないらしい。

「しかし、これで藤右衛門どのの行方があきらかとなりましたな」

日野武四郎がおのれへ確かめるようにいう。小宮山喜兵衛がうなずきながらも眉を寄せた。

「されど、何ゆえ富由里なのかはまったく見当がつきませぬ」

左太夫もかるく顎を引いて応える。総次郎とふたりで話すことも考えたが、孫がその重荷をじぶんだけで抱えそうな気がして、あえて皆を呼んだ。左太夫が富由里におもむいたことじたい、孫には初耳だから、どこか咎めるような眼差しを向けられもしたが、おそらくこれでよかったのだろう。斬りつけられたくだりは伏せたが、ほかは概《おおむ》ねありのままを伝えた。

「あの……」

総次郎が惑うような視線をさ迷わせながら唇を嚙む。藤の根付を身に着けていたかどうか問いたいのだろう。その話をせぬために他の顔ぶれをそろえたところもあったが、とぼけていては余計に案じてしまうかもしれない。

「そこは見忘れておった」

というつもりで、かぶりを振る。こちらの言いたいことは伝わったようで、総次郎はわずかに落胆のまじった安堵を面にたたえた。それでいて、不安げな光が瞳の奥でまたたいている。孫の勘がよくなったのか、わしの嘘が下手になったのかと思った。

# 三

喜兵衛と左太夫はいま少し話してゆくというので、武四郎とふたり、〈賢木〉を出た。まばゆい日ざしに真っ向から射られ、俯きかげんで歩をすすめる。しぜん、ことば少なになっていた。

今しがた聞いた話を頭の奥で反芻する。左太夫がひそかに富由里へ来ていたのには驚いたが、お祖父さまならいかにもありそうだという気もした。むしろ心に引っかかったのは、祖父がめずらしく籠もりがちな物言いをしていたことである。巡り合った父とのあいだにどのような遣り取りが交わされたのか、まだ聞いていない話があると思えてならない。

父の面ざしが、胸におもく伸しかかってくる。それはおのれが知らぬ男の姿であり、どこか得体の知れぬ影に覆われているようでもあった。いくら進もうとしても眼前に広がるくすんだ景色はかわらず、行く手は霧を固めたような幕で塞がれている。粘つくとりもちで地に足を据えられたかのごとき心地に見舞われていた。

「例の番頭を斬ったのは……」

とうとう耐えきれなくなってことばを零したのは、柳町の出口が望めたあたりだった。朱塗りの楼門が日の光をはじき、燃え立つように聳えている。まだ時刻も早いし、〈壮〉へ寄るのは、またつぎの折にしようと思った。

言い出せたのはそこまでで、そのまま口をつぐんだが、武四郎は促してくるでもない。歩調を変えることもせず、肩をならべて歩きつづけた。

あるいは父かもしれぬ、とやっとのことで発した時には門の落とす影に全身が覆われている。武四郎がはっと息を呑む気配が伝わってきた。が、なにか尋ね返すでもなく、

「うん」

とだけ応えてわずかに面をあげる。向こうから飛んできた燕が、すぐそばを通りすぎていった。つかのま、濃い夏の香りが鼻先をかすめる。

総門を抜けても、武四郎はそれ以上問いかけてこない。相手の心もちは分からぬが、わずかながら胸の閊えが軽くなったのはまことである。いくらかなりと友垣に重荷を押しつけたのだとしたら、おれも身勝手な男だと思った。

たがいに黙りこくったまま、四半刻近く歩いている。気がつくと、屋敷の近くまで戻っていた。日は中天にのぼり、射るような光に混じって、蟬しぐれが耳を打つ。

「寄っていけ」

武四郎に向かって短く告げると、黙ってうなずき返してくる。門をくぐって二、三歩すすんだところで足が止まった。

小さな影が百日紅《さるすべり》の根方に腰を下ろし、木肌を撫でている。かたわらで奈美が寄り添うようにしゃがんでいた。さよは、こちらに気づくと、どこか居心地わるげに面を伏せたが、手はそのまま動かしている。奈美はぱっと顔を明るませたものの、やはり声をあげることはなく、黙礼だけ返してきた。

ことばを交わしたほうがいいのか測りかね、そのまま玄関先へ向かう。足音を聞きつけたのか、母がもう上がり框に膝をついていた。

「あれは……」

庭のほうを目で示すと、満寿は唇《くち》もとに含み笑いを浮かべる。武四郎に会釈しながら、弾んだ声でいった。

「ときどき遊んでもらっているのですよ」

初耳だったから驚いたが、母は意に介したようすもない。まあ、さよさんは相変わらず、ほとんど話しませんけどね、と付け加えた。とはいえ、少しずつ母たちとかかわる時間が増えているということだろう。わずかながら安堵めいた心地が胸の裡に湧いた。

「しょっちゅうお邪魔しておるのですか」

武四郎がめずらしく、遠慮がちな口ぶりで問う。母は微笑をたたえたまま応えた。

「わたくしがお願いしているのです」

庭の方から油蟬の啼き声が盛んに響く。もううるさい、とでもいったらしく、さよのつぶやきに、奈美の明るい笑声が混じった。

ふたりして居室に引き上げると、程もなく母が茶を運んでくる。いっしょに持ってきた小皿の上に、何枚か煎餅が載っていた。近ごろは煎餅がはやりですな、と武四郎がことさらいつもの軽口を叩く。

「はやりのうちに、せいぜいお出ししましょうね」

いたずらっぽい笑みを浮かべると、母は腰を下ろすでもなく部屋を出ていった。ふたりでなにか話があると察したのだろう。

とはいえ、父のことを口にのぼせるのは気が重かった。武四郎も話を向けてはこない。手持ちぶさたなまま、さして欲しくもない煎餅を手に取り、ぼんやりと齧っていた。

「このあいだ」

ふいに武四郎がいった。煎餅が口に入っているせいか、いくらか聞き取りにくい。面もちを引きしめ膝を向けると、たいした話じゃない、と苦笑して、顔のまえで手を振った。

「いつまでふらふらしているつもりだと、父に叱言《こごと》をいわれてしまった」

「ふらふらとは、ひどいな」

事件がらみのことに付き合わせているせいでそう見えるのかと思い、つい義憤めいた口調になる。武四郎はとくに表情を変えるでもなくいった。

「彦五郎の件じゃない。婿入りのことだよ」

「…………」

おもわず、ことばに詰まる。幼いころからの付き合いだが、嫡子と末子という境遇の差は、いくら想像しても埋められないものがあるはずだった。が、相手のほうは屈託なげな口ぶりでつづける。

「できれば、あと何年かのうちに見つけたいものだが」

そううまくいくかどうか、とひとりごち、ぱりんと音立てて次の煎餅をふたつに割る。片方を口に放り込みながら、おどけた物言いで付けくわえた。

「まあ、奈美がお前の嫁になったら」

えっ、と声が洩れるのを、武四郎が手を挙げて押しとどめる。にやりというふうな笑みを唇もとにたたえながらいった。

「ここで厄介になろうかな」

「それはまた、このうえもなく厄介だな」

話の穂先を変えるつもりで切り返すと、違いない、といって笑う。早く嫁にもらってやれ、と言いたいわけでもないようだった。ふと気づいたという体で武四郎が語を継ぐ。

「あいつ、そういうつもりもあって、ここに通っているんじゃないか。おばさまと仲良くなっておけば、あとが楽だしな」

「穿《うが》ちすぎだろう、いくらなんでも」

いうと、かえって呆れたと言いたげな失笑がこぼれる。

「それくらい考えるさ、女は」

「聞いたふうなことをいう」

そこまでいって、ふたりして笑声をあげる。きょう笑えるとは考えてもみなかったな、と思った。

開け放った窓から覗く日ざしはいまだ鋭かったが、中天は過ぎたらしく、噎せかえるような暑さがわずかに和らいでいる。それでも蟬の声は弱まる気配も見せず、大気を揺さぶっていた。

「……さっきから、つまらないことばかり頭に浮かぶ」

武四郎のほうは見ず、ひとりごとめかして告げた。相手も短く、うん、とだけ返してくる。

「もし父が……そうだったら」

ようやくそれだけいって声を途切らせた。じぶんはどうしたらいいのか、と言いたかったが、どうしても出てこない。風に乗って濃い夏草の匂いがただよい、庭と居室がひとつづきになったような心地に見舞われた。

どれくらい刻が経ったか、とうとう先を口にせぬまま肩を落とす。がさっと音がしたので目を移すと、武四郎が大の字になって天井を見上げていた。

「親父と自分はべつ――」そう口にして、苦笑めいたかたちに唇を曲げる。「そう言えないのが侍の辛いところだ」

今度はこちらが、うん、と応える番だった。父祖から家を受け継ぎ、伝えていくのが武家の役割である。そうしたものから切り離されて生きている藩士はひとりもいないはずだった。父や祖父がいておのれがいるということは、否応なく認めざるを得ない。

「だが、いつかそう言えたらいいと思っている」

武四郎がぽつりとつぶやく。この男にしてはめずらしく、おどけるようすもない。こころもち眉を寄せているのは、父親との遣り取りを思い返しているのかもしれぬ。総次郎はことばもなく、天を向いた友垣の横顔を見守りつづけた。

# 四

藍地の暖簾をくぐるのは久方ぶりのことだった。総次郎たちが帰ったあと、しばらく話してから、喜兵衛を誘ってみたのである。隅に染め抜かれた〈壮〉という文字を見ながら店の戸を開けると、いらっしゃい、という落ち着いた男の声がふたりを迎えた。

店主の新三が板場から顔を覗かせ、こうべを下げた。うなずき返して、いつもの小上がりに足をはこぶ。時間が早いせいか、まだほかの客はいなかった。

待つほどもなく、店主みずから先付けや徳利をはこんでくる。小鉢に目を落とすと、胡瓜《きゅうり》の酢の物がひと摑み盛られていた。左太夫は、にやりと笑って箸を伸ばす。

「この季節には何よりのものじゃの」

言いおえぬうち、小鉢の中身を口に入れる。舌の上に酸味が広がり、喉のあたりがきゅっと締まるようだった。歯ざわりも心地よく、大気にただよう生ぬるさが、いちどきに遠のいてゆく。

「うまい」

おぼえず洩らすと、

「ありがとう存じます」

新三も嬉しげな笑みを見せ、中腰のまま盃に〈天之河〉をそそぐ。そういえば、じき七夕だなと思いながら、ひといきに呑み干した。甘やかに喉をすべり落ちた酒が胃の腑を灼く。もう少しゆっくり呑めばよかったかとも思ったが、知らぬまに喉が渇いていたのだろう。

店主が今いちど手を伸ばすまえに、じぶんで徳利をとって盃を満たす。こんどはひとくち舐めただけで、卓のうえに置いた。微笑をたたえた新三が腰を起こして板場へ戻ろうとするのへ、

「少しよいか」

かるく呼びとめる。店主はひとわたり周囲を見渡してみせると、

「ご覧の通りのありさまですから」

めずらしくおどけたふうな口調で応じた。履き物を脱いで、小上がりにのぼる。喜兵衛も顔なじみになっているから、こだわりなく横にずれて座をあけた。新三が左太夫と向かい合うかたちで腰を下ろす。余分の盃に酒をそそいで渡すと、こりゃどうも、と低頭しながら口に運んだ。やはりひといきに呑んだあと、

「奢りの酒はおいしゅうございますな」

いたずらっぽく笑って盃を置く。こちらもつい吹き出しそうになった。

しばらくそのまま呑んでいたが、ややあって、左太夫がぽつりと洩らす。

「親父は達者かの」

新三の父は去年いっぱいまで店に出ていたが、息子に任せてだいじょうぶと肚を据えたのだろう、その後はいちども姿を見ていない。たしか壮太という名で、無愛想な男だったから、長年かよっていた割にはろくに話もしなかったが、腕だけはよかった。あるいは具合でも悪いのかと気になったのである。

が、返ってきたのは控えめながらはっきりとした苦笑だった。

「達者すぎるくらいで」

すぐ近くの長屋で女房とふたり暮らしをしているらしいが、刻を持て余しているのか、近ごろは毎日のように墓参りへ出かけているという。

「それは殊勝なことだの」

強面の親爺が神妙に墓へ詣でているさまは想像を超えていたが、自分は釣りだの煙草屋だので日を過ごしているのだから、よほど上等というべきかもしれない。左太夫が出入りしはじめたころには、壮太の母親もまだ健在で、ふたりで店を切り盛りしていた。もう記憶もおぼろだが、それなりの年齢になってもさっぱりとした色気のただよう女だった気がする。だいぶ前に亡くなったはずだから、その墓なのだろうかと思った。

「店に戻りたがったりはしておらぬか」

いくらか揶揄するようにいうと、唇もとにまだ微苦笑を残したまま、店主がかぶりを振る。

「さりげなく聞いてみたこともあるんですが、そんなみっともない真似ができるかと叱られました」

こんどはこちらが笑声をあげてしまった。喜兵衛が吹き出しそうになるのを怺《こら》えている。頑固な年寄りというのは、どうもおなじようなことを言うらしい。新三も大きく肩を揺らしていた。

「……親父というのはなんであろうかな」

ひとしきり笑ったあと、じぶんでもおどろくほど、すんなりとつぶやいている。新三は戸惑うでもなく考えをめぐらしていたが、やがて、

「倅からすると、たいていは煙たいものでしょう」

とくに気負うでもなくいった。

「はっきり言うの」

おどけた口ぶりで受けながら、ひとくち〈天之河〉をふくんだ。心なしか、いくぶん苦くなったように感じる。それを察したわけでもなかろうが、

「が、まあ、それだけでもない……まずは、さようなところでございましょうか」

新三がさらりと付け加えた。悶えながらという風情でもなかったから、日ごろ考えていることなのだろう。

うなずいて、相手の盃に注ごうと徳利を持ち上げたところで、古びた戸が軋み音をあげる。仕事帰りらしい二人づれの職人が入ってきて、土間の卓へ腰を下ろした。いらっしゃい、と声をあげて新三が膝を起こす。またいずれ、というふうに目くばせを送ってきた。

喜兵衛とふたりになり、あらためて酢の物に箸をのばす。ぽりぽりと胡瓜を噛む音が意外なほ

ど大きく響いた。

「ところで、信濃屋というのは、たいした男らしいの」

盃を弄びながら左太夫がつぶやく。喜兵衛はしきりにうなずきながら、おのれへ確かめるようにいった。

「こう申しては差し障りあれど、罪の最たるものは、と問われたときは冷や汗が出ましたな。何やら恐ろしいまでの気迫で」

いまは御家の上つ方にも、ああいう御仁《ごじん》はおられますまい、と声をひそめて告げる。

「筆頭家老どのに注進しておこう」

と言いかけたが、冗談をいうのもどことなく億劫に感じられ、そのままにしておいた。

信濃屋との遣り取りはおおよそ聞いているが、事件に関わりあることを耳にできたわけでもないらしい。ひとの世に裏切りは許されぬというようなことをいったらしいが、それが彦五郎の件と関わるのかどうかも分からなかった。さすがに使い込みをした者は殺すということでもないだろう。

「で、次の手はどうする」

老与力の面をうかがうようにして問う。彦五郎につづき、その女房まで殺されていながら、めぼしい手がかりは見つかっていない。これまで喜兵衛に隠しごとをした記憶はなかったが、孫に聞かされた根付の話だけは、どうしてもいえなかった。

案の定というべきか、与力は白髪まじりの鬢を掻きながらひとりごちた。

「もとのあるじからも実の父親からも、さしたる話は聞けませなんだ」

いかがしたものでしょうか、と呻きまじりの溜め息を洩らす。左太夫はしばし考えこむ風情で虚空に瞳を這わせたが、

「そうじゃ」

にわかに悪童のごとき笑みを口辺にたたえると上体を乗り出した。喜兵衛が眉をひそめてこちらを窺う。幾度もこうして振り回されたことを思い出しているのだろう。左太夫はかまわず面を近づけ、与力に向かってささやきかける。

「賭場《とば》だ」

「えっ」

喜兵衛が顔をしかめながら頓狂な声をあげる。そこに左太夫のつぶやきが押しかぶさった。

「彦五郎が店の金を注《つ》ぎこんだという博打場じゃよ」

# 五

近ごろ大奥様が明るいお顔をなさるようになって、と帰宅するなり嬉しげにささやいてきたのは、中間の友蔵《ともぞう》だった。齢は六十を越えたところだが、左太夫のころから草壁家に仕えている。体はまだまだ達者で、いまも夕映えの差し込む玄関先を丹念に掃除していた。

大奥様というのは、むろん満寿のことである。総次郎にまだ嫁が来ていないのだから奥様のま

までもいいようなものだが、代が替わったということで、律儀に呼び分けているのだろう。夕べの風が出てきたらしく、庭先では蛍袋《ほたるぶくろ》が白い筒のような花を揺らしている。その動きを見るともなく眺めながら、総次郎は三和土に足を踏み入れた。

「それは重畳だが、なにかあったのかな」

履き物を脱ぎながら問うと、にこりと笑った友蔵が、奥に通じる廊下を目で示す。

薄暗くなりはじめる時刻だからすぐには分からなかったが、角のあたりに小さな影がひとつたたずんでいた。総次郎の視線に気づくと、少女は慌てたふうに踵をかえして姿を消す。入れ替わりのように満寿があらわれ、お勤めご苦労さまでございました、と告げて大小を受けとった。

「……すこし元気になったようですね」

奥に目をやりながらつぶやく。さよのことをいっているのか、母のことを指しているのか自分でも分からなかったが、

「そうですね。ほんの少しですが、慣れてきた気がします」

満寿は少女のことだと捉えたらしい。眉のあたりを明るませて告げた。父が行方知れずとなって以来、蒼白さの募っていた肌が、いくぶん赤みを帯びているように見える。幼な子を持つ母親のような心もちに戻っているのかもしれなかった。

——さよを連れてきて、よかったようだ。

われしらず唇もとがほころぶ。ふいに甘やかな花の香りが鼻腔をかすめたが、蛍袋がこれほど匂うはずはない。夕顔《ゆうがお》だろうか、と思った。

「おう」

框にあがろうとすると、とつぜん気安げな声がかけられる。驚いて顔を向けると、やはり廊下を曲がって近づいてくる人影があった。母の面に目を滑らせると、はっきりと困惑の色をたたえている。とはいえ、戸惑っているのは、総次郎とておなじだった。

「あなたさまは……」

語尾を呑み込むようにしていうと、相手がにやりと唇を歪めた。角ばった五十がらみの顔が、いたずらっ子のような面ざしとなる。

「そろそろ帰るころだと思うて、待たせてもらった」

大目付・倉木主膳は顔を近づけると、声を低めて告げた。「いろいろと聞きたいことがあってな」


「柳町の件は、いささか手詰まりのようだの」

盃を唇に運びながら倉木がいう。ええまあ、とくぐもった声を返しながら、総次郎もひと口ふくんだ。銘柄は忘れたが、父が好んでいた酒で、〈天之河〉より苦みがつよい。

いつの間にか、すっかり日が落ちている。昼間の蒸し暑さはまだ名残りを留めているが、わずかに涼味をふくんだ風が起こり、首すじをやわらかく撫でていった。蚊遣りを焚いてはいるものの、客間の障子は開けているから、足や腕に絶え間なく虫がまとわりついてくる。かといって、閉めきったまま話ができるほど涼しいわけでもなかった。

ふたりでよいと倉木がいうので、女中も呼ばず差し向かいで座っている。満寿もはじめに酒肴《しゅこう》の膳をはこんできたきり、あとは顔を出さぬようにしているらしかった。

まともに顔を合わせるのは、いつぞや城内で声をかけられて以来になる。あのときは、下手人が武家のようだからといって信濃屋の件に探りを入れてきたのだった。気配を感じはしなかったが、それ以後も総次郎たちの動きを注視していたに違いない。家中の者へ睨みを利かせるのは、この男のお家芸というべきだった。

ふいに、ことりという音が耳朶を撫でる。倉木が盃を膳に置いたのだった。大目付の唇もとに、かすかな笑みが刻まれている。厳しげな面もちはそのまま、ぞんがい柔らかな声音でいった。

「手を貸そうか」

不覚にも、えっ、というふうな呻きを洩らしてしまう。倉木は表情を変えることなく、こちらの面に視線を注いでいた。あえてするわけでもないだろうが、眼光のするどさに、おもわず目を逸らしてしまう。相手はとくに言いつのるでもなく、しごく平板な口調で語を継いだ。

「こちらでも調べの人手を出そう」

「……なにゆえでございましょう」

おもむろに顔を上げ、倉木の眼差しを受けとめる。口ぶりとおなじ、いささかも内心をうかがわせぬ瞳がじっとこちらを見据えていた。

松の梢が夜風に鳴り、それに驚いたのか、庭のどこかで梟が盛んに啼き声をあげる。とくだん聞いているつもりもないのに、その響きがたしかに耳のなかへ忍び入ってきた。

するうち、倉木の目もとがわずかにゆるみ、苦笑めいたものが厚い唇に滲む。総次郎が眉をひそめるのと、いたずらっぽい声が相手の喉から発せられるのが同時だった。

「――それは言えん」

「では、ともに動きようがございませぬ」

とっさに返した声が、おのれのものとも思えぬほど勁かった。倉木は虚を衝かれたような面もちをたたえたが、じき真顔にもどって唇を嚙む。

「ぞんがい頑固じゃな……近ごろの若者らしく、もう少し物分かりがよいかと思うておったが」

言いながら、ゆったりしたしぐさで膝を起こす。いまの応えでじゅうぶんと思ったのだろう。釣られるように立ち上がりながら、総次郎もことばを投げる。われしらず、ひどく落ち着いた声になっていた。

「草壁左太夫の孫でございますゆえ」

# 探索

## 一

　安酒と肴の匂いが混じり合い、饐《す》えたような空気が五十畳敷きほどの板間に満ちている。正面に広がる暗がりの奥からは丈六《じょうろく》、つまり一丈六尺の阿弥陀如来像がいかにも不機嫌そうな眼差しでこちらを見下ろしていた。人もなげ、といっていいのか、仏を前にして賭場が開帳されているのだから、無理もない。

　夜半の本堂には、ざっと数えただけでも二十人は下らぬと思われる男たちがひしめき、胴間声を張り上げながら中央に敷かれた茣蓙《ござ》を見つめている。壺振りの男が繰り出す賽《さい》の目に釘付けとなっているのだった。

　かたわらに立つ武四郎が、いかにも興味津々といった体で堂の隅々まで眺め渡している。四男坊ではろくに遊ぶ金もあるまいから、本人がいう通り、賭場は初めてなのだろう。左太夫は零れそうになる苦笑を呑みこみながらささやいた。

「あまりきょろきょろするでない」

「ご無礼いたしました」

若侍が面映げに首をすくめる。

城下の外れにある慶雲寺《けいうんじ》の本堂である。町人たちの出入りが多いと聞くから、彦五郎が入り浸っていた賭場というのも、まずはここだと思われた。〈賢木〉の客はお大尽が多いから、こうした場末の賭場に出入りする者はほとんどいまいが、料亭だけあって噂は耳に留まる。むろんご法度ゆえ、町奉行としては了知した以上、取り締まらねばならぬが、四人であつまったとき、それを、

「まあ待て」

と留めたのは左太夫だった。「いまは彦五郎とやらの話を探るのが第一。踏みこんで潰してしまっては、元も子もあるまい」

「では一体……」

いかにすれば、と言いかけ口ごもった総次郎をなだめるように、右手をあげる。

「わしが行こう」

絶句した一同を見渡し、こともなげに言い添えた。

「内々のこととはいえ、げんざいの奉行や与力が賭場へ出入りするわけにもいくまい。このなかでは、わしと武四郎が行くしかない」

それがしもですか、と若侍が頓狂な声をあげる。そこまでの役を負わされるとは思っていなかか

ったのだろう。時おり自分なりの見解を述べるくらいでよいと心得ているらしく、じっさい孫もそのように告げて乞うたはずである。左太夫はくすりと笑って武四郎の顔を覗きこんだ。

「まあ、世のなかを学びに行くのだと思えばいい。奉行所が踏み込まぬのは分かっているのだから、これほどけっこうな話もないわえ」

そうした遣りとりの交わされたのが三日まえである。武家姿では目立つかと思ったが、幸か不幸か、これは杞憂《きゆう》というほかなかった。客の三割がたは侍で、かえって知り人に会いはせぬかと危ぶまれるほどである。さいわい若い者が多いこともあってそれはなかったが、やはりこういう場はなくならぬのだな、と感じた。

さすがに奉行在任中はおもむかなかったが、部屋住みのころは幾度か賭場に足を運んだことがあった。左太夫はもともと次男で、兄の早世によって家督を継いだのである。あのころは、まさに憂さ晴らしという以外ないことばかり重ねたが、ほかに若さと無聊《ぶりょう》をまぎらす術を知らなかった。ちょうど武四郎とおなじ立場だったはずだが、

——呑気な男じゃの。

物珍しげにあちこち見まわす若侍の横顔へ眼差しを滑らせる。若いころおのれが抱えていたような屈託もあるはずと思うが、それらしき影はうかがえない。むりに隠しているわけでもなさそうだった。

ともあれ彦五郎のことを尋ねなければならぬが、賽に夢中となっている奴輩《やつばら》に呼びかけたところで、大した話が聞けるわけもない。手持ちぶさたな面もちで堂の隅にとぐろを巻く男たちのと

ころへ近づいていった。武四郎もひと足おくれて付きしたがう。

賭場を仕切る役なのだろう、男たちはぜんぶで五人いたが、年ごろも身なりもまちまちながら、いちように剣呑《けんのん》というほかない表情をたたえていた。いきなり武士がやってくるので驚いたようだが、年寄りと見て安堵したのか、すぐに険しい眼差しとなってこちらを見据える。

「ちょいと聞きたいことがあるのじゃがな」

左太夫が気軽な調子でいうと、真ん中にいた赤ら顔の中年男が唇を捩《ねじ》るふうな笑みをかえしてきた。

「ご無礼ながら、只ででございましょうか」

残りの男たちが、洩らしそうになった笑声を呑みこむ。はて、と思って振りかえると、武四郎がめずらしく肩をいからせて左太夫の背後に立ちはだかっていた。この若者なりに、友垣から爺様を預かったつもりでいるのかもしれぬ。なだめるように眉尻を下げると、いまいちど男たちに向き直った。

「それは答えしだいだの」

血の気の多そうな若者がふたり、色をなしたようだったが、赤ら顔の男が目で制する。そのまま口もとに苦笑をたたえて、うなずいた。

「まあ、よろしゅうございます」言いながら、こちらへ向けた視線に、隠しようのない鋭さがふくまれている。「何ごとでございましょうか」

「――彦五郎という男を知っておるか。信濃屋の番頭だった者だ」

間を置かず、低めた声で問うた。男たちは左太夫のことばを反芻する体で眼差しを虚空に飛ばす。じき意味ありげな笑みを浮かべ、赤ら顔が一歩進み出た。

## 二

「ひょっとしたら、おもわぬ大物とつながるかもしれぬ」

「……大物とは」

総次郎が首を傾げると、日野武四郎がどこか興奮した面もちで膝をすすめた。勿体をつけるように、かるく咳ばらいして唇をひらく。

「賭場を仕切っている元締めだ。赤瓦《あかがわら》の太郎次《たろうじ》というらしい」

「赤瓦か――」

総次郎も名くらいは知っている。賭場だけでなく、柳町あたりにも深く根を張る男だという噂だった。表に立つことはないものの、神山城下に隠然たる力を持っていると聞く。おいそれと会える相手でもなかろうが、信濃屋の名を出した途端、赤ら顔の男が興をおぼえた体で、

「元締めに聞いてみると、よろしいでしょう」

といったらしい。五日にいちど慶雲寺の賭場にあらわれるらしく、次は三日後だという。事件に関わりがあるわけでもないようだが、大店の番頭が殺された件は、こうした者たちの関心を掻き立てているのかもしれなかった。

「せっかくゆえ当たってみるとお祖父さまが」

言付けを託されたのだろう、伝えてから、おれも今いちどお供するつもりだといった。奉行所の人数をつけるわけにもいかぬから、

「よろしく頼む」

いって、かるく頭を下げる。つづいて、

「こちらはこちらで妙なことがあった」

と前置きして、きのう大目付が屋敷に来た話を告げた。武四郎は戸惑いをあらわにして拳を顎へ当てる。しばらくそのまま沈思していたが、ややあって、

「とうとう上つ方が出てきたか」

この男にしてはめずらしく、途方に暮れたような息をついた。「四男坊にはなじみの薄い領分だな」

きょうは喜兵衛もじぶんも非番だから、筆頭与力に話すのは明日になるだろう。いわく言いがたい心もちをどうにも持て余し、朝飯を済ませるや、武四郎の耳を拝借に来たのだった。

「いらせられませ」

縁側からひと声かけて奈美が茶を持ってくる。薄い藍地の帷子がひときわ涼しげに見えた。膝をつき、ふたりの前にそれぞれ湯呑みを置くと、

「……さよさんはいかがしておりますか」

うかがうように問うた。ときどき相手をしてくれているようだから、やはり気にかかるのだろ

う。ふいに、持参した煎餅を摑み取られたときのことが頭をよぎった。つい思い出し笑いを洩らすと、奈美がいぶかしげにこうべを捻る。

「申し訳ない」こぼれそうになる笑声を呑み込んで告げた。「あのときのお顔を思い出してしまって」

奈美が、まあ、と声をあげた。「驚くなというほうが無理でございます」

武四郎がもの問いたげな面もちを浮かべている。煎餅を取られた話はしていなかったのだな、と思うと、どこか安堵めいたものを覚えた。

「おかげさまで、少しずつ家に慣れてきたようです。張りができたのか、母もよろこんで」

「女の子を欲しがっておられましたものね」

奈美が虚空に眼差しを投げながらいった。こぼれた日ざしが睫毛のあたりにまとわりついている。

「そうなのですか」

はじめて聞くことだったから、声に戸惑いがまじったと自分でも分かる。奈美はとっさに口ごもったが、

「ないしょというわけでもないと思うのですが」

と前置きして唇をひらいた。

兄とともに奈美も幼いころから草壁家への出入りは頻繁だった。七、八歳のころ、祝い事で着たよそおいが晴れがましく、わざわざ見せに来たらしい。少女にはよくあることだろうが、満寿

が思いのほか喜んだという。

「やはり、よろしいわね。うちももうひとり、女の子が欲しかったのだけれど……」

といって、しきりに誉めてくれた。総次郎はまったく覚えていないから、おそらく女童の着物になどは関心がなく、武四郎と遊んでいたのだろう。

「その話、まだつづきがあるだろう」

武四郎が意味ありげにささやき、唇もとをゆるめる。奈美は眉を寄せ、にわかに腰をあげた。

「ここでおしまいです」

それだけ言い残して踵をかえす。呼びとめる間もなく、部屋から出ていった。大気のなかに女の残り香がふくまれている。

ああそうだ、と口中でつぶやいた。少女がまとった茜色の晴れ着が瞼の裏を過ぎる。たしかに、おのれもその場にいた。いまの今まで忘れていたが、母が告げたことばも耳の奥に残っている。

「奈美さん、大きくなったら家においでなさいな。ぜひ、そうなさいましよ」

三

日が暮れても、大気のなかに息苦しいほどの湿り気が残っている。武四郎がどことなく及び腰となっているのに気づき、左太夫は揶揄するような声をかけた。

「賭場にもいくぶん慣れたかと思うていたが」

「……それは慣れてよいものなのでしょうか」

いつも呑気な風情を漂わせているこの若者にはめずらしく、語尾が上ずっている。賭場の元締めと会うことに気圧されるものを覚えているのだろう。

左太夫じしん、奉行時代も元締めに会ったことはないが、あぶない連中はさんざん目にしてきた。まったく恐れを感じていないわけではないものの、慣れてしまったというのが正直なところである。

慶雲寺の本堂は、きょうも噎せかえるようなひといきれで満ちている。まだ宵の口だが、盆茣蓙《ぼんござ》のまわりに群がる男たちの瞳は、刻などかかわりないというふうに重く、昏かった。

目ざす相手はすぐに見つかった。博打のようすはさすがに見飽きているのだろう、五十まえとおぼしき強面が、不似合いなほど凝った仕立ての座布団にかけ、本堂の隅で盃をかたむけている。名まえと合わせたわけでもあるまいが、縞の帷子に赤い帯が目についた。数人の取り巻きがまわりを囲んでいる。

先だって訪れたとき、五日に一度の割合で元締めが姿をあらわすと聞いたのだった。おそらく、毎日似たような賭場をめぐっているのだろう。

むぞうさに近づいてゆくと、取り巻きたちが面もちを険しくして膝を起こす。なかに先日出くわした赤ら顔の男がいて、興ありげに左太夫たちを見やっていた。太郎次本人は、目を向ける気配すらなく、盃を干しつづけている。

「なにかご用で」

顎髭《あごひげ》をたくわえた四十くらいの男が低く発した。武家と見ていちおう丁重なあつかいをしているらしいが、声にあきらかな威嚇の響きがふくまれている。左太夫は、顎の先でかるく元締めのほうを指し示した。

「その御仁と話しとうてな」

呆れ顔となった男たちが、つぎの瞬間、けたたましい笑声をあげる。盆茣蓙のほうから何人か振り向いた者もいたが、賽のほうが気になるらしく、すぐに目を戻した。

「失礼ながら、お武家さまでも、そうそうこのお方とは……」

先ほどの顎髭が立ちはだかるようにしていう。おそらく太郎次の腹心なのだろう。ことばとは裏腹に、武士など恐れていないということがはっきりと伝わってきた。赤ら顔の男が取りなす体で耳打ちしたが、きつい口調で叱責されて引き下がる。

「そこを曲げてくれぬか」

左太夫が平坦な口調でいうと、顎髭の頬がわずかに歪む。こちらに向かってずいと一歩踏み出したところへ、

「まあ、いいじゃねえか」

野太い声がかかった。「相手が相手だ」

取り巻きがいっせいに座の中央を仰ぐ。赤瓦の太郎次が盃を床に置き、少しどけというように手を振った。

「さきの町奉行さま」

言いさして、にやりと笑う。まわりの男たちがどよめきを上げた。「いや、近ごろまた奉行が替わったそうだから、先々代の……でございますかね」

「会うたことがあったかの」

顎に手を当て考える体をつくったものの、覚えはない。太郎次は肩を揺すりながら、低い声を発した。

「お目にかかったことはございません。が、こういう生業《なりわい》をしておりますと、それくらい承知してねえとやっていけないもので」

「ほう」

つぶやきながら一歩足を進める。眼差しを険しくした男たちが、ふたたび元締めを囲もうとしたが、

「いいって言ってんだろうが」

不機嫌そうな響きに身をすくめ、大きくしりぞいた。武四郎をうながし、向かい合うかたちで腰を下ろす。なぜか、人いきれがにわかに濃さを増したと感じる。盆茣蓙へ群がる男たちとおなじ高さになったためかもしれなかった。

「で、話ってのは」

太郎次が真っ向から視線をそそいでくる。こちらも目に力を籠めて相手を見つめかえした。

「おそらくは、この賭場の客でな。彦五郎と申す男についてじゃ」

「いちいち客の名を確かめたりはしねえもので」

初手から素っ気ない答えが返ってきたが、はぐらかすふうでもない。それもそうじゃな、と応じて総次郎から聞いた人相や風体を伝える。

「三十なかば、恰幅よく顎がすこし張っている、と……」

太郎次は諳《そら》んじる体で繰りかえしたが、

「なかなかそれだけじゃあ」

むしろ困惑げにいった。取り巻きたちを見回し、おめえらはどうだと尋ねるが、男たちも首をひねっている。当人を見せることができれば違うかもしれないが、日に何十人もがおとずれる場である。はっきりした特徴もなしに人をさがすのは難しいようだった。嘘をついているふうにも見えぬし、これ以上食いさがったところで無駄かもしれぬと内心で臍を嚙む。武四郎のほうを見やると、はやくも諦めたのか、むしろ盆茣蓙のほうに気を取られているようだった。

「ところで、いったいどんな仔細でその男を探っておられるんで」

かえって興をおぼえたのか、太郎次がわずかに顔を突き出す。先夜あらましは話したはずだが、元締めにまでは伝わっていなかったらしい。まともに取り合いはしないと思われたに違いない。

とっさに思案を巡らしたが、

「先だって、柳町で斬られたのはその男でな」

包み隠さず話すことにする。高札場にまで人相書きを貼りだしているのだから、明かしてもいいだろうと思った。

案の定、その件は耳にしていたらしい。ああなるほど、とひとりごちて、元締めが虚空に視線を這わせる。ややあって、訝しげな眼差しで左太夫を眺めまわしてきた。

「とはいえ、なんだって先のお奉行さまが」

「あまりに暇なもので、ちと孫の手助けをな」

あながち嘘でもないと苦笑を洩らしたあと、真顔で言い添える。「だいいち、奉行所としては、おおっぴらに元締めと会うわけにもいかぬ」

違《ちげ》えねえ、と胴間声で発して太郎次が笑声をこぼす。取り巻きたちも阿《おもね》るように乾いた笑いをあげた。ややあって、元締めが窺うような面もちでつぶやく。

「御隠居さままで駆り出してくるところを見ると、だいぶと難儀しておられるようで」

「否とは言えんの」

間を置かずに応える。元締めと話すのははじめてだが、この手の者と対するときは、体面にこだわらぬほうがいいと分かっていた。

案の定、太郎次は上機嫌の体となって、

「なんでしたら、お手伝いいたしましょうか」

身を乗り出してきた。えっ、と声をあげたのは取り巻きたちだけではない。日野武四郎も戸惑い顔を隠せずにいるようだった。さすがに左太夫も小首をかしげてしまう。

「ありがたいが、ちと親切がすぎぬか」

「不審はごもっとも」

元締めが唇もとをゆるめて告げる。わずかに覗いた歯は黄色く、牙のごとく大きかった。

「名奉行とご評判の草壁さま……かねてから、どのようなお方かと興を覚えておりました」

「評判倒れかもしれぬて」

おどけた体でいうと、まあ、たしかに、と恐れげもなく返してくる。気がつくと、盆茣蓙のほうでも壺振りがいっとき止んでいた。客たちが息を詰めて、ことの成りゆきを見守っているらしい。

「いつもなら――」

と口にするより早く、太郎次の右肩が動く。武四郎が腰を浮かすまえに、抜き放った匕首《あいくち》を左太夫の喉もとへ突き出した。若者があぁっ、と叫び声をほとばしらせる。

「――おおきな声をあげるでない」

左太夫がなだめるようにいった。切っ先から喉までは二寸ほどもへだたっている。太郎次はうれしげな笑みをこぼしながら、ことさら大音で発した。

「ほうら、ちゃんと間合いを取っていなさる……いつもなら、こうやって胆験《きもだめ》しと洒落込《しゃれこ》むんだが、やる前から分かってちゃあ、面白くもなんともねえ」

「結局やっておるではないか」

武四郎がむっとした体でつぶやくと、元締めは取り巻きたちを見回し、

「そいつは、この馬鹿どもに見せるためで」

どこか面映げにひとりごつ。左太夫もおもわず笑声を洩らした。盆莫蓙のあたりでは、すでにいつもどおりの賑わいが戻っている。もともと賽にしか目が向かない連中なのだから、当たり前ともいえた。

「それで――」太郎次が声を高める。瞳がつよいかがやきを帯びていた。「なにから始めましょうかい」

# 四

「そうか、会えたか」

小宮山喜兵衛の報告を聞きながら、総次郎は窓の外へ視線を這わせる。煮詰めたような熱気があたりに籠もってはいるものの、わずかに風が吹いているらしく、松の葉がさやさやと涼しげな音を立てていた。

お白洲のまえに祖父の首尾を知らされたのである。元締めになど会えるのかと危ぶむところもあったものの、ことは存外すんなりと運んだらしい。さきの町奉行という立場が通じる相手でもなかろうが、左太夫ならではという気がした。

「彦五郎の足どりを辿る手助けとなりましょう」

おや、と思ったのは、ことばと裏腹に喜兵衛の眉が曇ったように見えたからである。任に就いたばかりのおのれには何がふつうなのか分からぬが、長年奉行所の一員として過ごした身にしてみれば、そうした者どもの力を借りるなど忸怩《じくじ》たるものがあるのかもしれなかった。

「まあ、ともあれお祖父さまにお任せしてみよう」

そう告げたものの、老与力の面もちはいまだに晴れぬ。そろえた書き付けを広げる手も、わずかながら震えているようだった。妙だなとは感じたが、裁きの刻も近づいている。うながすつもりで目を向けると、喜兵衛がいそいで紙の束を取り上げた。

「本日のお裁きでございますが……」

読みあげようとした声が、ふいに途切れる。どうした、と発するまえに、指先の震えが激しさを増し、書き付けの端がぐしゃりと歪んだ。総次郎がおぼえず瞳を見開くと、老人はわれに返った体で、

「これは不調法を」

皺の寄った紙をあわてて伸ばした。額に脂汗がにじみ、声も度を失っている。

具合でもわるいのか、と言いかけたが、そうでないことは分かっていた。赤瓦の太郎次が助《す》けてくれると告げたときから、常の喜兵衛ではなくなっている。が、与力の矜持が許さぬにしても、いささか強すぎる否み方と思えた。ただの勘でしかないが、もっと奥深いところから洩れてくるもののような気がする。

「恐れながら――」

襖の向こうから呼びかけてきたのは、沢田弥平次らしい。白洲の仕度がととのったことを知らせに来たのだろう。その声を掻き消すごとく、油蟬が唸るような音を響かせている。

「心得た」

みじかく返し、喜兵衛の手もとに腕を伸ばす。老人の指からは力が失せているらしく、とくに引っかかることもなく書き付けを抜き取った。いそいで目を走らせ、膝を起こす。小宮山喜兵衛はうつむいたまま、いまだ身じろぎひとつできずにいるようだった。

# 五

きょうは泰泉寺《たいせんじ》へ参ります、とはるに言われて、もうそんな頃合いだったかと気づく。忘れていたわけではないが、強いて思い出そうとしなくとも、この女が声をかけてくれるのが習いとなっている。

言われてみれば春先にいちど、今年は参られますかと聞かれた気がする。ここへ住まうようになってから毎年おなじようなやり取りが交わされているが、行かなかったことはない。はるの方でも、同行するものと思っているだろう。

手早く身仕度をすませ玄関先に向かうと、足ごしらえをすませたはるが、上がり框に腰かけて待っている。かたわらでは女中頭のお咲が案じるような面もちを浮かべていたが、左太夫とふたりきりでおもむくのも毎年の習いだった。

通りに出るとまぶしいほどの陽光が頭上から降りそそいでいた。少しずつ夏は遠ざかっているが、蟬はまだ励んでいるらしく、どこかから身を揺するような啼き声が聞こえてくる。

おもむく寺は城下から街道を一刻ほど南へ下ったところにある。それなりに歩くこととなるが、さいわいまださほどの難儀は覚えていない。例年、むしろはるの方が疲れをみせるが、いくら言っても駕籠《かご》に乗ろうとはしなかった。自分の足で参りたいのだろうと察し、これもある時から口にしなくなっている。今日も時おり木陰で休みながら、ゆったりと歩を進めた。

木立ちがまばらになったところで街道から逸れ、ほそい脇道を辿ってゆく。ここを抜けるとにわかに視界が開け、寺の麓に至るのだった。

平地が多いこのあたりには珍しく、泰泉寺は小高い丘の中腹に築かれている。黒くつややかに塗られた山門まで、数十段ほども階がつらなっていた。

見上げると、ちょうどその門から影がひとつ出てくるところだった。目をほそめて窺ううち、向こうも左太夫たちに気づいたらしく、そろそろと爪先を進めながら会釈を送ってくる。

むろん、すでに小宮山喜兵衛だと分かっている。見守るうち、階を下りきった筆頭与力がそばに立ち、恐れ入りますと告げて、あらためてこうべを垂れた。はるも無言のまま、ふかぶかと腰を折る。喜兵衛は女が手にした青と白の桔梗《ききょう》に目を留めると、

「かたじけない」

ひとことずつ確かめるように発した。そういう当人は、すでに詣でてきたのだろう。この男と出くわすことも初めてではなく、墓前で鉢合わせになった年もあった気がする。

「では、行って参る」

左太夫が短く告げると、喜兵衛が今いちど低頭する。それ以上ことばを重ねることなく、階に

足を置いた。はるも一礼して後につづく。ふたりして黙々と歩をはこんだ。

どこからか黄鶲とおぼしき啼き声が響き、耳朶を撫でてゆく。振りかえると、遠く視界の果てにきらめく海原が望まれた。はるも目を細めてそちらの方角を見つめている。眼下を見やったが、喜兵衛の姿はもう、どこにもうかがえなかった。

境内へ入ってすぐのところに、目を引くほど大きな欅《けやき》が聳えている。扇のように広がった葉叢があるかなきかの風に揺れ、さわりという音を立てた。

井戸水を桶に汲んで本堂の角を曲がると、山肌に沿った墓域が目に飛びこんでくる。むろん百姓や町人の墓も並んでいるが、士分のそれは区画が異なっていた。

毎年参っているから、惑うこともない。目指す墓へ辿りつくには、たいして刻もかからなかった。

小宮山家の紋が刻まれた宝篋印塔《ほうきょういんとう》の前には線香が供えられていたが、すでに燃え尽き、灰だけが残っている。今年は花が見当たらず、あるいは、はるに譲るつもりなのかもしれなかった。

掃除は喜兵衛が済ませたらしい。燃え残りだけ片づけて桶の水を塔にかけた。新しい線香に火をつけ、ふたりしてこうべを垂れる。

墓のなかには喜兵衛の亡妻もおさまっているが、はるが詣でているのは、富之介という息子のためだった。きょうがその命日である。

もう十年以上まえになるが、富之介は喜兵衛の隠居にそなえ、見習いとして奉行所に出仕をはじめていた。ちょうどある事件に〈賢木〉が巻き込まれ、いわれのない脅しを受けているころで、その訴えについて調べている最中、女将を継ぐまえのはるに出会ったのである。

心もちを通わせる仲となったのは巡り合わせというほかないが、小なりとはいえ士分であるから、すんなりとはいかぬ。養女にして添わせてやろうかとは左太夫の申し出だったが、はるもひとり娘だったたし、喜兵衛が意外なほど難色をしめした。なまじ色と欲の渦巻く柳町を知っているだけに、線を引いておきたかったのかもしれない。

が、話がもつれているあいだに、やくざ者を捕えそこなった富之介が刺されて命を落としてしまう。それも左太夫と喜兵衛の眼前でだった。ほかに子もなかった喜兵衛は、それ以来養子を取ろうともせず勤めをつづけ、はるは女将を継いで〈賢木〉ののれんを守っている。

いちどは養女にとまで思っていたから、左太夫も気にかけて出入りするうち、店の者ともすっかり親しくなった。なかば冗談で、うちにお住まいなさいましなどと皆に言われていたが、妻の死をきっかけにして、とうとう実行にうつしてしまったのである。世間では左太夫と若い女将の仲を勘繰る向きもあるようだが、

「みょうな殿御が寄りついてきませんから、かえって好都合でございます」

とはるがいうので、言われるままにしておいた。いずれよい相手が見つからぬものかと思うが、それはこの女が決めることだろう。ひとりだから不幸というわけでもない。

喜兵衛が今、はるのことをどう思っているのかは分からなかった。ことさら尋ねたこともない。左太夫が居候しているから顔を合わせる機会は間々あって、そのつど気まずそうにしているが、挨拶くらいは交わすようになっていた。取り替えの利かない者を亡くした同士、つながり合

うのが幸か否か、左太夫にも見当がつかぬ。まわりがとやかく言うことでもないから、当人たちに委ねるよりほかなかった。

線香の煙に鼻腔をくすぐられ、そっと目をあける。はるはまだ瞑目したままで、何ごとかいっしんに祈っていた。しろい項《うなじ》のうえに、いくつも汗の玉が浮かんでいる。

その横顔を見つめるうち、藤右衛門の蒼白い面ざしが心もちの深いところをかすめる。頭の奥に鈍い痛みが走った。

われしらず重い吐息があふれる。生きていても死んでいても、子というは胸を騒がせるものだと思った。

# 転変

## 一

外へ出よう、と左太夫がいうと、あからさまではないが喜兵衛の眉宇に安堵の色が滲んだ。先日の墓参はともかく、やはりまだ〈賢木〉にいるのは気が張るものらしい。表玄関を使うと、はるが見送りに来るだろうから、女中に履き物を持ってこさせ、勝手口から出ることにした。

いつの間にか日はかたむき、つよい茜色の光が通りいちめんに満ちている。それでいて、この時刻になるとかすかな涼味が大気に含まれていた。これからの時刻を遊里で過ごそうというのだろう、濁った目を輝かせた男たちが、そちこちを歩いている。

〈壮〉と染め抜かれた暖簾をくぐると、落ち着いた声がいらっしゃいまし、と呼びかけてくる。かるくうなずき返して小上がりに陣取った。まだ時刻が早いせいか、ほかの客は土間の卓にひとりふたり腰かけているくらいである。

さほど間もおかず、亭主の新三が先付けと徳利を持ってくる。小鉢の中身は蛸《たこ》の足をぶつ切りにしたものらしく、かるく醤油と山葵《わさび》がかかっていた。

口に入れてみると、おどろくほどやわらかく、これはまことに蛸なのだろうかと思った。醤油と山葵の風味が混じり合い、心地よく鼻に抜ける。いかにも酒がすすみそうだった。

新三の面を見上げ、にやりと笑ってみせる。それだけで通じたらしく、亭主も満足げな微笑みをたたえて板場へ戻っていった。いちどだけ振りかえり、気づかわしげな眼差しを向けたのは、喜兵衛がまだ箸をつけていなかったせいだろう。

「蛸もいろいろじゃな」

少しおどけるふうにいうと、喜兵衛も居心地悪げながら、ようやく笑みをたたえる。そのまま照れ隠しのように盃を取り上げ、ひとくちで呑みほした。

赤瓦の一味に助《す》けてもらうことを喜兵衛が面白からず思っていることは、とうに察していた。奉行所のものとしては当然抱き得る心もちだが、やくざ者に刺されて倅が死んだ事実も抜きがたい理由になっているはずである。まことはいま、やくざもいろいろと続けそうになったが、よけいなお世話というものだった。戯《ざ》れ言《ごと》ひとつでひとの心もちが変わるなら苦労はない。

「……侍もいろいろじゃ」

かわりに口をついて出たのは、じぶんでも思いがけぬことばだった。喜兵衛も虚を衝かれた体で面をあげる。空になった盃を手にしたまま、こちらへ眼差しをそそいできた。

ことばにはせぬが、孫から聞いた根付の話が胸から去らなかった。あるいは藤右衛門がこたびの兇刃を振るったのでは、という疑念が頭上にくろぐろとわだかまっている。むろん証しはなく、数多《あまた》ある解のひとつにすぎぬが、曲がりなりにも倅と刃を交わしただけに、妙な力強さをともなって迫ってもくるのだった。

――もしそうなら……。

浮かびかけた想念をあわてて掻き消す。まんいち藤右衛門が彦五郎と女房を殺めたのであれば、この手で倅を始末せねばならぬと思った。いくら心もちを通わせられなかったとはいえ、血を分けた息子を斬るとは、夢想するだけで全身が押しひしがれそうになる。が、総次郎はもちろん、ほかの者に託すことは到底できなかった。

喜兵衛の視線を躱《かわ》すように盃を唇もとへ運ぶ。天之河はほどよい甘さの際立つ酒だが、いまは常より苦く感じられた。

「そろそろ鯎《いなだ》が出はじめました」

考えに捉われていたせいだろう、目のまえに刺身の皿が置かれるまで、亭主が近づいてくるのに気づかなかった。喜兵衛も同じらしく、肩をぴくりと動かしている。

「もうそんな時季か」

この分ではじき霜がおりそうじゃの、と軽口を叩くと、喜兵衛がおもむろに唇をひらいた。

「我らにもですな」

左太夫が首をかしげていると、やけにしみじみとした口調で語を継ぐ。

「いえ、ひとの生涯を一年に見立てるなら、そろそろ霜もおりてくる頃合いかと」

はっと胸を衝かれる心地に見舞われたが、気づかぬ体で笑い飛ばす。

「わしより若いくせに、爺むさいことをいう」

そのまま箸で取って、鰍を口に入れる。季節が進めばかなり脂の乗る魚だが、いまはむしろさっぱりとした味わいで、するりと喉を通ってゆく。身のうちに澱んでいたものが、わずかながら拭われるようだった。

「この齢になると、これくらいがちょうどいいの」

「お口に合いましたら何よりです」

新三がかるく低頭して板場にもどってゆく。喜兵衛はまだ箸をつけていなかったが、ことさら勧めるようなこともない。押しつけがましいのは性に合わぬのだろう。

こうした時、親父のほうはあからさまに旨いといって欲しそうだった。よくもわるくもどこか子どもっぽいところを残した男で、それはそれで面白かったものだが、息子はずいぶん異なる質と見える。左太夫にとっては、このさりげなさも捨てがたかった。父子といってもいろいろあるらしい。

「なかなか旨いぞ」

いくぶん痺れを切らしてうながすと、喜兵衛がようやく箸を伸ばす。わしはどちらかというと親爺の方かもしれんな、と内心で苦笑を呑みこんでいた。

## 二

非番でもないのに、めずらしく喜兵衛がいないと思ったら、

「具合が悪いそうです」

やはりいぶかしげに沢田弥平次が首をひねった。

宿酔《ふつかよい》かなという考えが、わけもなく頭をよぎった。先日来、すこし様子がおかしかったから、そんな勘がはたらいたのだが、そう外れてはいまいという気がする。だとしたら、呑んだ相手は左太夫に決まっていた。

さいわい今日は裁きの予定もない。平穏なままに昼が過ぎ、大気にわずかながら夕映えの色がまぶされはじめたころ、市中の見回りに出ていた沢田が血相を変えて飛び込んできた。

「火が起こりましてござりまする」

せいいっぱい駆けてきたのだろう、浅黒い肌の面から、途切れることなく汗が吹き出している。鼓動がにわかに速まるのを覚えたが、発した声は、じぶんでも不思議なほど落ち着いていた。

「ただちに行く。ところは」

「山吹町《やまぶきちょう》でございます」

間を置かず、沢田が応える。奉行所からもそう遠くない、小さな商家の集まるあたりだった。

奉行職に就いてから火事騒ぎははじめてだが、総菜屋などで煮炊きの際に火が上がったのではないかと想像できるくらいには町のようすが頭に入っている。左太夫でなくとも、城下の巡視はもともと奉行の務めに含まれていた。

手早く火事装束に着替え、同心や足軽など二十名ほどを引き連れて奉行所を出る。総次郎だけが騎乗で、列の中央に陣取っていた。行く手に垣間見える煙がひと足ごとに大きさを増してゆく。さほど間を置かぬうち、渦巻くような熱気が真っ向から押し寄せてきた。

火元はやはり総菜屋のようで、古ぼけた店の奥から炎の舌が覗き、屋根の上に陽炎《かげろう》のごときものが立ち昇っていた。店先では、あるじらしき中年の夫婦がおろおろとうろたえ、近所の者たちが井戸から汲んだ水をつづけざまに放っている。が、火のいきおいが弱まっているようには見えなかった。

かたわらに控えた沢田を見やると、うながす体で顎を引いてくる。総次郎はひとつ大きく唾を呑みこむと、腹に力を入れて発した。

「引き倒せっ」

鉤《かぎ》を手にした足軽たちが、応と叫んで燃え上がる火の方へ飛びこんでゆく。総次郎も馬を進めそうになったが、沢田がはっきりと轡《くつわ》を引いて留めた。うすうす感じてはいたが、左太夫流は好まぬ質らしい。

「ああっ」

総菜屋の夫婦が悲鳴をあげると同時に、はげしく木の裂ける音が轟く。おもわず耳を塞ぎそうになったとき、つづけざまに三軒ほどの仕舞屋《しもたや》が倒壊した。いっせいに舞い上がった埃と煤を吸いこみ、不覚にも噎せてしまう。

重なった木の下から、赤い蛇のような炎がちろちろと這い出てくる。どうにか咳をしずめた総次郎は、足軽たちに向かって声を張り上げた。

「ひといきに水をかけろ――」

町人たちと足軽、同心がいっしょになって、つぎつぎと桶の水をぶちまける。じゅっという音が幾度もあがり、身を擡《もた》げかけていた炎が苦しげにもがきながら消えていった。

火元の総菜屋をふくめ、五軒ほどの打ちこわしですんだのだから、上々とするほかない。立ち尽くす中年夫婦に詰め寄っているのは、近隣の者たちだろう。顔見知りの町年寄が駆けつけてきたのをみとめた総次郎は、

「あとでようすを知らせよ」

ことば短かに告げると、足軽たちに引き上げの仕度を命じた。

平穏なまま過ぎるかと思った一日が、焦燥の色にも似た夕映えを滲ませながら暮れてゆく。おおきな火事でなくて幸いだったが、そのかわりお救い小屋が出ることもない。焼け出された者たちは、あれば親類の家に身を寄せ、でなければしばらく町年寄の家へ転がり込むことになるのだろう。店の建て直しもできるものかどうか分からないし、両隣との関わりもおのずから変わっていかざるを得ないはずだった。

「……なにかしてやれぬものかな」

誰に聞かせるともなくつぶやくと、沢田がやるせなげな声を返してくる。

「恐れながら、われらにできることは限られております」

そのまま、ひとりごつようにささやいた。「まことと、貧しさとは、ひとの不幸のうち最たるものでございますな」

# 三

あれ以来、音沙汰のなかった赤瓦の太郎次からつなぎがあったのは、夏の気配がにわかに遠のいた朝のことである。きのう一日降りしきった雨が夜のうちに熄み、明けてみれば十日ぶん二十日ぶんも季節が進んだかと思われるほど涼やかな気があたりに満ちていた。

「夏も終わったの」

水たまりを避けて庭を歩きながら、濡れ縁を通りかかったはるに声をかける。ええ急に、と応えながら、おかみが進み出て、瞼のうえに手を翳した。朝の光からも烈しいものが薄れ、透き通るようなかがやきがあたりに満ちている。

雨上がりの庭を眺めながらふたりでよもやま話をしているうち、女中頭のお咲が朝餉の膳を持ってくる。きょうは豆腐と焼いた真鯖《まさば》に青菜の汁が付いていた。鰍につづいて、もう鯖かと思ったが、秋は知らぬ間に近づいていたということだろう。さっそく箸をつけたが、まだ脂の乗り切っていないところがかえって朝餉向きで、じぶんでも驚くほど食がすすんだ。かたわらで給仕をするはるが、心なしか嬉しげに見える。

食べ終えて番茶を喫していると、庭先を五十がらみの下男が横切ってくる。才助《さいすけ》という名で、風呂を焚くのがやけにうまい男だった。

「御隠居さまにお目通りしてえという者が」

勝手口に、とつづけてそちらの方を振り仰ぐ。すぐには心当たりが浮かばなかったから、

「誰だ」

と問うと、白い毛の混じった眉をおもむろにひそめた。

「赤瓦の身内じゃと申しております」

はるが、わずかに身をすくめる。才助ともども、むろん名は知っているはずだった。付き合いはあるまいが、こうした生業をしていれば、しぜんと耳へ入ってくるに違いない。

「大事ない。通してくれぬか」

はるにも眼差しを向けながら告げる。懸念が消えたわけでもなかろうが、おかみがすこし眉をゆるめてうなずいた。へい、と応えて才助が踵をかえす。

ほどなくあらわれたのは、賭場で太郎次の側近らしく見えた顎髭の男である。洗い張りの利いた縞の小袖をまとい、朝の日ざしを浴びていた。人相の悪さは変えようもないが、そうしていると堅気に見えなくもないからふしぎである。しょせん、善だの悪だのはひとが作りだした区分けに過ぎぬのかもしれなかった。

「朝っぱらからご無礼いたします……ちと耳寄りな話を摑みましたもので」

低頭しながら、はるの方へうかがうような視線を走らせる。気を利かせて立ち去ろうとするおかみに、

「かまわぬ」

言い置いて濡れ縁に進み出た。いたずらっぽい笑みを浮かべて髭男にささやきかける。

「大家ゆえな」

まあそんな、というはるのつぶやきを、髭男の笑声が掻き消した。庭の松が梢を揺らしたのは、鵯か何かが男の声に驚いて飛び立ったらしい。

それでも、いくぶんひそめた調子で男が話しはじめる。太郎次は、ひそかに信濃屋の奉公人を当たらせ、彦五郎の身辺を洗い直したという。その結果、思いもかけぬ事実が手に入ったのだった。

「……奉行所の者がひと通り当たったはずじゃが」

左太夫としては、しぜん訝しげな声音となる。男はどこか誇るふうに髭をねじった。

「脛に傷のあるやつを突つきまして」

おぼえず苦笑がこぼれる。さすが賭場の元締めというところで、首の根を押さえている者があちこちにいるらしかった。少なくとも奉行所の役人にできることではない。

「それで」

先をうながすように身を乗り出し、向き合う瞳を見据える。髭男も顔を寄せ、煙草くさい息とともに、聞き取りにくい声を発した。おのれの面もちが、さっと強張ったのが分かる。

「――相違ないか」

男が話したことを胸の裡で繰り返しながら問う。相手はにやりと唇を歪めると、ひとことずつ区切るふうないい方で発した。

「ご念にはおよびません」

たしかにお伝えいたしました、と告げると、切れのよい身ごなしで背を向ける。やはり水たまりを器用に避けながら、庭を横切っていった。

男の去ったあとに微風がそよぎ、地に落ちた葉が乾いた音を立てた。背後ではるが息を凝らしているのは分かっていたが、なだめるゆとりは失っている。左太夫は縁側に坐したまま、顎に手を当てて考えに沈み込んだ。

## 四

思ったよりも小さい長屋門を見上げながら、総次郎は今いちど編笠をふかく被りなおした。そのしぐさに釣られたわけでもなかろうが、かたわらでは日野武四郎が同じように編笠へ手をかけている。

おとないを問うまでもなく、脇にしつらえた小屋から門番らしき中年男が姿をあらわす。胡乱《うろん》げな眼差しを隠そうともしていなかった。誰何《すいか》されるまえに一歩踏み出し、

「大目付どのに草壁が来たと伝えてくれ」

声を低めて告げる。その間、武四郎が油断なくあたりを見回していた。合図めかしてうなずいたのは、跡をつけている者がないことを確かめたのだろう。

「くさかべ……」

要領を得ぬ風情で門番が繰りかえす。町奉行の草壁だ、と発してせまい小屋のなかに足を踏み入れた。武四郎も、すかさず後につづく。相手が怯えた色を顔じゅうにみなぎらせたが、いつまでも外で突っ立っているわけにもいかなかった。

門番は押し出された格好でしぶしぶ屋敷のなかに入ってゆく。きょうが倉木の非番であることは、むろんたしかめていた。小屋のうちには床几がひとつあるきりだったが、とくに遠慮するでもなく武四郎が腰を下ろす。苦笑しながらたたずんでいると、

「――どうも大がかりな話になっていくな」

武四郎がひとりごとめかしていった。うむ、とだけ返して黒土があらわになった床を見つめる。せまい小屋にふたりして籠もっているせいか、ひどく湿った大気が肌にまとわりついてきた。

ながく待たされるかと思ったが、四半刻もたたぬ間に、庭土を踏みならす足音が近づいてくる。小屋の戸を振り仰いだのと、

「珍客というところだの」

野太い声のかかるのが同時だった。

薄暗いなか、とつぜん差し込んだ光に照らされ、視界が眩む。だが、その声が大目付・倉木主

膳のものであることはすでに分かっていた。

「何か嗅ぎつけてきたという顔じゃな」

客間で向き合った途端、大目付が切りだす。応えに詰まり、総次郎のほうがことばを途切れさせてしまった。

降りそそぐ日ざしが濡れ縁を横切り、畳の目を浮き上がらせている。わずかに風がそよいでいるらしく、開いた障子戸の向こうでは、中庭の桔梗が青紫の花弁を揺らしていた。

「……おそらくは左様かと心得まする」

ややあって、押し殺した声を返す。武四郎は別室で待たされているから、おのれひとりで倉木と対峙するかたちになっていた。むだに威をふるうような相手ではないが、かえって気圧されるものを覚えずにはいられない。

倉木が膝のまえに置かれた湯呑みを取り、ひとくち啜る。かすかな音が、静まりかえったひと間のうちで大きく響いた。知らぬ間に喉が干上がっていたが、なぜか湯呑みに手をのばすことができない。座敷に差しこんだ日ざしはやけにつよく、季節違いの暑さを覚えるほどだった。

正面から倉木が視線を向けてくる。総次郎は背すじに力を籠め、感情のうかがえぬ眼差しを受けとめた。

「彦五郎は」乾いた唇から、重く低い声を洩らす。「倉木どのに信濃屋の内情を知らせておった、と我らは見ておりまする」

「ふむ」

大目付が、しずかに湯呑みを置く。

赤瓦たちは、信濃屋の奉公人から賭場に借りのあるものを見つけ出し、手先としたらしい。その結果行きあたったのは、彦五郎がおなじ侍と幾度か賭場で会っているのを見たという声だった。浪人風をよそおっていたが、佇まいからして家中の士ではないかと感じられたという。奉行所で探り出せなかったのは業腹《ごうはら》だが、得がたい報せというほかない。

「信濃屋の内情を知りたい武家がいるとすれば、それは大目付どのと見て間違いないはず」

「なぜそう思う」

倉木の唇もとに、得体の知れぬ微笑が刻まれる。動じた気配はなく、遣り取りを楽しんでいるようにさえ見えた。

「……恐れながら、信濃屋は代々の執政方と噂が絶えませぬ」唇を結んで大目付の瞳に見入った。「そこに探りを入れたい者がいるとすれば、上つ方を掣肘《せいちゅう》できる唯一のお役、大目付どのにほかならぬ。わたくしとつなぎを取ろうとされた理由も、それで分かります」

「だが、証しがないな」

倉木が苦い笑みをこぼした。「わしが否めばそれまでじゃ」

「否まれますか」

総次郎が膝を進めると、大目付の喉から苦笑まじりの声が洩れる。

「手を貸そうか、と言うたことがあったろう。そこまで辿りついたのであれば、こちらも相手として不足はない」

そこまでいって、上体を乗り出す。ぎょろりと剝かれた眼が、すぐそばまで近づいてきた。

「せっかくじゃ。爺さまにもお出まし願おうかの」

# 五

「では、行ってまいる」

見送りに出たはるにひと声かけて表へ出ると、頭上から秋めいた日ざしが降りそそいでいる。遠い山なみにも、黄に色づいた葉叢がところどころ望まれた。これから日ごとにそうした色あいが増えてゆくのだろう。

まだ昼まえの大通りにさほど人出はないが、皆無というわけでもない。かなりの深更でもなければ、柳町から行き交う影が絶えることはなかった。

ゆったりと歩を進め、楼門と逆のほうに向かう。それにしても、となんど繰り返したか知れぬことばを胸の奥でまた、つぶやいた。

――大目付と手を組むことになるとはな。

ともに藩の治世をになう一翼との自負はあるが、まるで職掌の異なる同士だから、奉行時代も反目こそすれ、協力したためしなどない。そうすべき理由もなかった。

――それがいま、現《うつつ》になろうとしておる。

ふしぎな感慨を覚えずにいられなかった。総次郎が倉木のところへ乗り込んでいったと聞いたときには驚きを禁じ得なかったが、これまでのしがらみを知らぬ若者だからこそできたことなのだろう。昇りはじめた陽を仰ぐような心地が総身に広がってゆく。憧憬なのか羨望なのか分からぬが、腹の底を熱いものが這うのに気づいていた。

歩き疲れるほどもなく、小体《こてい》な構えの料理屋に辿りつく。暖簾の脇に据えられた角行灯に〈和《わ》香奈《かな》〉という名前が記されていた。足を運んだことはないが、名まえだけは知っている。目付すじのよく使う店だと聞いた覚えがあった。記憶違いでなければ蟹雑炊《かにぞうすい》と鱈鍋《たらなべ》が名物のはずだが、いまは少し時季が早いだろう。

引き戸を開けると、おかみと思しき四十すぎの女が膝をついて待ち受けていた。名を告げると、

「お待ちいたしておりました」

やわらかな声で応えて微笑を浮かべる。顔つきはふっくらとしておだやかだが、きれいに襟が抜け、着こなしに野暮なところがなかった。ここも老舗だと聞いているから、何代目かのおかみなのだろう。侍と変わらぬなと思った。

一歩下がって、二十歳ごろと見える娘が控えている。おかみと面ざしが似ているから、娘なのかもしれなかった。前に出て、

「ご案内いたします」

二階のほうを見上げる。うなずいて履き物を脱ぎ、上がり框に立った。娘に先導され、ゆっく

りと階をあがる。

時刻も早いし、きょうは借り切っているのだろう。店のうちに他の客がいる気配はなかった。二階に上がると、右手の襖に向かって娘が呼びかける。

「お見えでございます」

低い声で応えが返り、娘が膝をついて襖をひらいた。

「ようこそお越しくだされた」

左太夫が座敷に足を踏み入れると、五十がらみの武士が立ち上がり、かるく低頭する。上座が空いているのは、そこに座れということらしい。石高からいっても家格からいっても向こうが上だから、つかのま戸惑ったが、果てのない譲り合いをつづけるのも面倒だから、

「敬老の志がおありのようじゃ」

さらりと受けて、座についた。すでに徳利と盃がそろい、先付けの膾《なます》も三つ並んでいる。が、座を見渡すまでもなく、総次郎はまだ姿を見せていなかった。

「孫は遅参のようで、申し訳なく存ずる」

こうべを下げていうと、倉木の唇に含み笑いのようなものが刻まれた。首をかしげるより早く、

「お奉行どのには、もそっと遅い刻限をお知らせしており申す」

いささかも悪びれぬ口調で返してくる。左太夫は眉を寄せて盃を取った。大目付が徳利へ手を伸ばそうとしたが、こうべを振ってみずから酒をそそぐ。倉木もそれに倣い、おのれの盃を満た

した。

通りのほうから、酔客の立てるざわめきや浮かれ囃子が聞こえてくる。ふたりは無言のまま、ゆっくりと酒を飲み干した。例の一膳飯屋でよく出す〈天之河〉よりも苦く、喉に刺さるような味わいだが、いまはその方が場に合っている。

盃を置くと、正面に坐す男の顔を今いちど見つめた。顎の張った面ざしに、こちらの出方を楽しむような笑みをたたえている。いくらか気に障る笑い方だと思った。あるいは、そういうふうに取られることまで承知しているのかもしれない。

「それがしに話したいことがあるなら、うかがおう」

あまり好きなやり方ではないがな、と付け加えると、倉木がおおげさな笑声を洩らした。ひとしきり笑いおえたあと、ふいに真顔となって告げる。

「逆でござる」

「はて、逆とは」

いくぶん焦れてきたらしい、われしらず声が尖り気味になった。大目付は天井のあたりに眼差しを飛ばすと、向き直って唇をひらく。

「当方から、うかがいたきことがあり申す」射抜くような視線でこちらの瞳を覗きこんでくる。

「ほかでもない、そこもとご家老……佐久間隼人正さまとの関わりについてでござる」

# 六

そろそろ屋敷を出ようとしたところに聞こえてきたのは、奈美の声だった。どうにも間がわるいと思ったが、大目付との談合をすっぽかすわけにもいかない。

ともあれ玄関先まで足をはこぶと、さよの手を引いた母がすでに顔を見せている。少女の顔が心なしかほころんでいるように見えた。奈美にも大分なじんできたのだろう。

「これから他出するところで」

伝える声に、すまなそうな調子を込めたつもりだった。

「はい、どうぞお気をつけて」

三和土に立ったまま、奈美が低頭する。伝わったかどうかは分からなかった。母が含み笑いを浮かべているような気もしたが、確かめるつもりはない。さよが面をあげ、大人たちの遣り取りをふしぎそうに見やっていた。

「武四郎はどうしてますか」

ふと思い立って尋ねる。倉木主膳を訪ねたおり以来顔を見ていなかったから、すこし気になったのである。

奈美は考える面もちとなって虚空に目を飛ばしたが、すぐに微笑をこらえるような表情を浮かべた。

「そういえば、庭で素振りをしておりました……手持ちぶさたという合図なのです」

よほどすることがなくなると、ようやく木刀を取ったり経書をひもといたりするのだという。

こちらも苦笑をこぼしそうになったが、あまり刻もないから、

「暇なら顔を出せと伝えてください」

とだけいって居室にもどった。

仕度をして廊下に出ると、居間のほうから女たちの明るい笑い声が聞こえてくる。少女の声がそこに混じっているのかどうかは分からなかった。すでに出かけると断っているから、下男にだけ告げて表へ出る。

暑熱はとうに消え、時おり流れる風からも夏の名残りは失われている。道のかたわらにところどころ萩《はぎ》の花が咲き、白い花弁を空に向かって広げていた。過ごしやすい季節にはなるが、じききびしい冬がおとずれるということでもある。

表通りへ出るまでに、日野家の前を通りかかる。海鼠塀の向こうで素振りをしているのかと思ったが、そうした気配は感じられなかった。とうに飽きて放り出したのかもしれない。ありそうなことではあった。

今日もそうだが、やはり武四郎を伴えるところとそうでないところがある。家格がおなじというのは救いにせよ、当主と冷や飯食いとでは世間の受け取り方が違うのだった。呑気なのはあの男の天性だが、なにも感じていないわけではないだろう。友垣との間にへだたりを作ろうとする何物かが疎ましかった。

柳町までは半刻足らずの道のりである。表通りに出てしばらくすると武家屋敷が途切れ、杉木立ちのつづく田舎道があらわれた。時おり差す木洩れ日を浴びながら歩をすすめる。耳障りな鵙《もず》の啼き声とおのれの足音が混じり合い、絶え間なく耳朶をふるわせた。

「…………」

振り向こうとして思いとどまる。立ち止まることはせず、そのまま歩きつづけた。

いつからか分からぬが、あるへだたりを置いて自分の跡を付けてくる気配を感じていた。こころみに歩度を変えてみると、相手の足どりもそれに応じて変わる。つねに一定の距離を保とうとしているらしかった。気づかぬ体で歩みつづけてはいるものの、このまま倉木主膳と会うわけにはいかない。

いつの間にか首すじに汗が滲み出している。秋めいてきたはずが、そのまま背中にまで冷ややかな滴が伝っていた。

耳の奥が鼓動でいっぱいになる。背後を歩く見知らぬ者にも聞こえるのではないかと思うほどだった。

相手の足音は絶えることなく響いている。こころもち、その歩みが速くなった。じきこの道は尽きて、商家の建ちならぶ一郭に出る。追ってくる者も紛れやすくなる道理だった。

――ここで見極めるしかない。

総次郎はおもむろに足を止めた。そのまま、ひといきに振り返る。おのれの目が驚きに見開かれるのが分かった。

# 七

大目付が求めるまま、ひとしきり話し終えたが、総次郎はまだあらわれない。始めのうちはふたりとも平然と盃を重ねていたが、知らせた時刻から半刻も過ぎると、倉木主膳のほうが先に眉をくもらせた。

「刻限をたがえる質とは見えませなんだが」

「仰せの通りと存ずる」

盃を置いて首肯する。急なお役目でも出来《しゅったい》したのだろうとは思ったが、胸がざわめくのを抑えられなかった。

「使いを出すというのはいかが」

声に懸念を滲ませながら倉木がいう。左太夫はなだめるように右手をあげた。

「今すこし待つのがよろしかろう。使いなら、向こうからくるやもしれませぬ」

使いの者を出せる場にいるならだが、とつづけることはしなかった。いずれにせよ、遣り取りがふえれば、そのぶん人目に立つ。それは避けた方がよいと思えたのである。

「ほんじつの用向き、先にお話しした方がよろしゅうござろうか」

大目付が迷いの影をただよわせて問う。左太夫は間を置かずいった。

「奉行はあくまで総次郎。老骨が伺《うかご》うたところで、何の足しにもなりませぬ」

いかにも承知いたした、と応えて倉木が盃を傾ける。すでにそうとう呑んでいるはずだが、顔色は常のままだし、呂律《ろれつ》も乱れてはいなかった。

もう半刻も経ったかと思われるころ、階下であわただしく戸の開く音が耳に飛び込んでくる。つづいて、何者かが三和土に入る気配が伝わってきた。ふたことみこと応えるおかみの声に、どこか落ち着かぬ響きが含まれている。

ほどもなく階をあがる足音が立ち、襖がひらいて総次郎が入ってくる。急いでやって来たのだろう、額に汗を浮かべ、荒い息を吐いて肩を上下させていた。

「――いかがした」

抑えた声で問うたのが合図ででもあったかのように、孫が腰を下ろす。倉木は無言のまま、かわるがわるこちらへ視線を向けていた。総次郎が膝をそろえて、ふかぶかとこうべを下げる。

「出がけに、いそぎ裁可を乞う旨の使いが奉行所より参り、かくお待たせすることと相成りました……まこと申し訳なき次第にございます」

下手な嘘だと思ったが、当人もそれくらいのことは分かっているだろう。先へ話をすすめるためには、何かしら言わぬわけにもいかない。倉木もこだわりなげにうなずき、総次郎の座を示した。

しばらくすると、女中たちがあらわれ、めいめいの前に平たい土鍋を据えてゆく。蓋に空けた小さな穴から湯気が洩れていた。左太夫もはじめてだが、この店の自慢と聞く蟹雑炊だろう。旬にはまだ早いが、倉木が手を尽くして用意させたのかもしれなかった。

蓋を開けるとやはりその通りで、つややかに炊き上がった雑炊のうえにみごとな蟹が一匹載っている。さほど腹が減っていたわけでもないが、にわかに食欲をそそられた。

まずは召し上がられよ、と声をかけて倉木が箸を伸ばす。慣れた手つきで足をちぎり、飯とともにするすると口へはこんだ。総次郎は蟹雑炊じたいがはじめてなのか、見よう見真似といった風情で白い身をほぐしている。たまには贅沢なものも食わせてやればよかったと、苦笑が込み上げそうになった。

とはいえ、名物だけあって旨さには偽りもない。とろとろした舌ざわりに急かされる体で箸を運ぶうち、あまり刻もかからず鍋の底が見えてきた。

「まことに美味《おい》しゅうございました」

総次郎が満ち足りた顔で告げた。強ばりが解けたのか、唇もとがほころび面ざしが常よりおさなく見える。そういえば、まだ十八だったな、と思った。藤右衛門の失踪以来、慌ただしさにまぎれ忘れそうになっていたが、半年前までは他の子弟にまじって藩校へ通っていたのである。

「それはよろしゅうござった」

倉木もめずらしく微笑を浮かべて応える。ともに飯を食えば別の顔が見える、と教えてくれたのはおのれの教導役だった与力だが、間違ってはいなかったらしい。

頃合いを見はからったように女中たちが姿を見せ、鍋を下げる。あたらしい徳利を置き、心なしか蹌踉《そうろう》とした足どりで階下に降りていった。

ふたたび三人だけになると、身の竦むような静寂が座敷に染み渡ってゆく。盃へ手を伸ばすと、隣に坐した総次郎が徳利を持ち上げ、透きとおった酒を注いでくれた。〈賢木〉でも幾度か膳をともにしたはずだが、酌をしてもらうのは初めてかもしれぬ。どこかくすぐったいような、ふしぎな心もちだった。

「さて」苦みのまさった酒をひとくち含んで盃を置く。高く固い音が耳に響いた。「そろそろお話をうかごうてもよい頃合いかの」

総次郎の方を見やると、いかにもという風にうなずき返してくる。倉木も首肯して膝をすすめた。

「まずお断りしておきたいが」

腹に響く声で発する。「今からお話しするは、御家の大事でござる」

「御家の……」

総次郎が息を呑んで、大目付のことばを繰りかえす。面もちは張りつめていたが、うろたえた様子はなかった。

——すこしは奉行らしくなってきおった。

唇もとに、われ知らずかすかな笑みが滲んだ。それを紛らすように言い放つ。

「大きく出ましたな」

「いかさま」

にこりともせず倉木が応じる。そのまま厚い唇をひらいて発した。

「佐久間隼人正さまの御たくらみに関することにて」

# 八

「御たくらみ――」

　総次郎は大目付が口にしたことを反芻するようにつぶやいた。先ほどから倉木のことばを繰りかえしてばかりいると思ったが、あまりに話が大きく、おのれの肚へ落とし込もうとすると、そうなってしまうのだろう。

「さよう」倉木はためらうふうも見せずに語を継いだ。「蝦夷地から北前船で昆布が運ばれてくるのはご存じであろう」

　北前船ということばが発せられた瞬間、深く碧《あお》い色をたたえた海原が瞼の裏によみがえる。先だって訪れた富由里湊の光景だった。神山領内で北前船が立ち寄る地は何箇所かあるものの、かの湊が随一の規模を誇っていることは疑いない。冬は重い雪と寒さに覆われるこの地で、外の世界とつながりを感じられる数少ない場所でもあった。

　そして、

　――父上……。

　行方知れずとなった父・藤右衛門と祖父が再会を果たした土地でもある。

　つかのま心もちがどこかへ飛んでいたらしい。気がつくと、倉木が怪訝そうな眼差しをこちらに向けていた。

「ご無礼いたしました、すこし……」

「思い当たることがあるようじゃの」

大目付が野太い声を発して盃に手をのばす。ひとくち含んでから、おもむろに問うた。「富由里へ行ったことはおありか」

無言のまま、うなずき返す。隣に坐した祖父もおなじように首肯していた。大目付がほう、とつぶやいて視線を宙にさ迷わせる。そのまま何か考えるようすだったが、さほど間を置かずに喉をふるわせた。

「その昆布が、三分がたご家老の懐へ流れ込まんとしておる」

「とはつまり――」

腹の底から震えた声が洩れる。倉木が大きな目を剝いて、つよい視線をそそいできた。

「いかにもご定法にそむく振る舞い。して、その昆布を金に替えるのが信濃屋……いや、われらはそう見ておるというべきか」

「流れ込まんとしておる、いい、とは」

ぐいと盃を呷《あお》った左太夫が、底光りする目で倉木を見つめる。大目付は頰を歪めると、忌々しげにこうべを振った。

「かのお方が筆頭家老となってより、少しずつ私する量を増やして来られたようだが」

いよいよ大がかりなことを企てておられる気配にて、と応えた声が心もち嗄《しゃが》れている。

「それが三分じゃと」

「いかにも。その証しを摑むべく彦五郎を籠絡したのでござるが、なにゆえか、誠となったあと、つなぎがとれなくなりまして」

無念げな呻きとともに唇を嚙みしめる。その声音に彦五郎そのひとを悼む気もちが含まれていないことは尋ねずとも分かった。

番屋で見た骸や斬られた女房の姿が目のまえに迫ってくる。小さな影が見る間に大きさを増し、その像を覆い隠した。それは、田舎道までおのれを付けてきた少女の面ざしに相違ない。溟く沈んでいた瞳に懸命な光が宿り、たじろぐことなくこちらを見つめていた。

総次郎は胸もとに手を伸ばし、つよく押さえた。つかのま迷ったものの、指先がひとりでに動いて、懐へ滑りこむ。取りだしたものを、叩きつけるごとく卓のうえに置いた。

「――これは証しとなりましょうや」

祖父と倉木が不審げな声をかさねる。問われるより早く、懐から出した紙片に指をかけた。礫のようにちいさく畳まれたものをそろそろと開く。

ところどころ墨が薄れてはいるが、広げられた紙に絵や文字らしきものが列なっている。三角を真ん中で立ち割った図が端に描かれ、そのなかにはやはり大きな半円が収まっていた。円のうちには文字を崩したようなかたちが記されている。

「存じ寄りの者から手渡されました」

むろん、さよのことだった。奈美や母と遊んでいるとばかり思っていたが、どこかでふたりを振り切り、ついてきたのである。

大目付に会うなどと分かっていたはずもないが、総次郎からただならぬ気配を感じ取ったのかもしれない。目のまえで親を殺された童なれば、心もちもただ人ならず研ぎ澄まされていてふしぎはなかった。それでいて、すぐに声をかけなかったのは、少女にも、なお深い迷いがあったせいだろう。が、とうとう意を決して守り袋からこれを出し、総次郎に手渡したのだった。

「ご無礼」

倉木がひと声かけて紙片を摘まみ取る。太い指にそぐわぬ細やかな手つきで頭上にかざし、目をほそめて見入った。時おり裏がえしながら、じっくりとあらためる。やがてほうっと息をつくと、左太夫と総次郎を見まわして発した。

「割符でござろうな」

おなじような図柄を書いたものがどこかにあるはず、とつづける。左太夫も心得た体で紙片を手に取り、仔細に見つめた。

ふたりを見やりながら、総次郎はある想念が身に重く伸しかかるのを感じていた。

――これを手に入れんとして、彦五郎と女房は殺められたのではないか。

そう思えてならない。武四郎はなぜ最初から女房も斬らなかったのかといったが、行きずりの兇刃なら、もともとその要はなかった。一家への怨みであれば、さよも屠《ほふ》られていたはずである。何かを求めてのことと考えるほうが自然だった。女房は夫が殺されたことを知り、いちはやく隠れ家を変えたものらしい。行くえを突きとめた下手人も少女が関わっているとまでは考えず、手にかけなかったのだろう。それを見越して彦五郎か女房が守り袋へこの紙片を隠したに違いない。

罪の最たるものは、と問うてきた信濃屋の面ざしが、息苦しいまでに迫ってくる。ふしぎなほどおだやかに見えた彦五郎の死に顔が、それに重なった。

骸としてしか会うことのなかった男の心もちが、なぜかはっきりと分かる気がした。金に惹かれてか不正への加担に耐えかねてなのかは推し量るすべもないが、あるじを裏切ると決意して割符を手に入れたものの、最後の最後で迷いが生じ、妻子ともども行方を晦ましたのだろう。半端な振る舞いというほかないが、おのれもふくめ、ほとんどの者は半端な決断を積みかさね、どうにか日々をしのいでいるのだった。

さよがどこまで察しているのかは分からぬが、ただならぬものを託されたことくらいはおぼろげに承知しているのだろう。それを総次郎に手渡したのは、いくばくかの信を抱いてくれたのかもしれなかった。

たかが紙切れのために、とは思わぬ。この半年、紙どころかことば一つでひとのいのちが左右されるという例をいくつも見てきた。それでいて、少女がこの紙一枚と引き換えにふた親を亡くしたのかもしれない、という想像はひどくどろりとして重く、息が止まるような心地に見舞われる。

「――総次郎」

祖父に呼ばれ、われにかえる。左太夫と倉木が案じるような面もちでこちらを見やっていた。

「申し訳ございませぬ。つい考えごとを」

倉木はそれ以上質すこともなかったが、祖父の瞳に問いかけるような色が覗いている。どこまで見抜かれているのか分からぬが、いまはその眼差しが恐ろしかった。おそらく、父もかような思いを味わったことがあるのだろう。

佐久間隼人正には家老就任まえから黒い噂があり、信濃屋との結託もひとの口にのぼっていた。桜ヶ淵の変が成功したのは、いちはやくこの富商と結んだためとも言われている。

だが、それはあくまで憶測の域を出ない話だった。倉木はひそかに追いつづけていたものの証しはなく、取りこんだ信濃屋の番頭は、いのちを奪われた。柳町での事件でもあり町奉行が出張ってきたことを当初は面倒と思ったが、むしろ手を組んではどうかと考え直したのである。

「いかがでござろう。内々にわれらと……」

倉木は総次郎と左太夫の面を見据えながらいった。祖父が唇もとににがい笑みをたたえる。

「それがしは、はやお役をしりぞいた身。すべては孫の一存かと」

大目付が顎を引き、啖え込むような視線でこちらを見据えてくる。おぼえず総身が強張るのを感じた。

頭の奥に無数の人影が浮かび、ひとつに溶けあってゆく。なかには父母や武四郎に奈美、ほとんどことばを交わしたおぼえのない佐久間隼人正もふくまれていた。が、じきその人びとは後景にしりぞき、おのれに守り袋を差し出す少女の面ざしだけが広がってゆく。動悸が速まり、じぶんでも戸惑うほど息遣いが乱れてきた。

「――いかがした」

祖父が気づかわしげな声をあげる。このひとにはめずらしいことだから、よほど異様なさまとなっているのだろう。そうと察しはしても、平静にもどることができなかった。倉木のほうは口を噤《つぐ》んでいるが、胡乱げな眼差しをあらわにしている。

ひどく喉が渇く、と感じた刹那、われしらず手が伸び、盃を摑んでいた。そのままひとくちに呷って立ち上がる。総次郎、と呼びかける声を背に浴びながら襖を開けた。

驚いた面もちで駆け寄るおかみを視界の隅に捉えたまでは覚えていたが、気がつくと柳町の大通りをさ迷っている。いつの間にか日は落ち、足先を撫でて吹きすぎる風がやけに冷たかった。

なぜ〈和香奈〉を飛び出したのか自分でも分からなかったが、さよの顔がとめどなく大きさを増してゆくことだけは感じていた。酔客やその連れとおぼしき女たちが、絶え間なくかたわらを通りすぎてゆく。その向きからして、おのれの足は総門のほうへ向かっているらしかった。なにかに憑かれたごとく、足だけが休みなく動いている。

うすく滲んだ藍色の闇を透かし、丹塗りの楼門が目に飛びこんでくる。ここを出てどこへ行けばよいのか、と思った瞬間、ふいに爪先が止まった。

振り向くと、右の肱《ひじ》を左太夫に摑まれている。きつく握るのではなく、やわらかく添えるような捉え方だったが、それでいて一歩も踏み出すことができなかった。

「なぜ、とは聞かぬ」祖父が錆びた声でいった。「が、どうするかは決めねばなるまい」

返すことばを見出せぬまま、棒立ちとなる。なぜ自分がいま、このようなところにいるのかふしぎに思えて仕方なかった。藩校に通っていたことが現でなかったようにさえ感じられる。あのころは詰まるところ、おのれ一人《いちにん》のことさえ考えていればよかった。他者の生を負うとはいかなるものかなど想像もしていなかったのである。

「……大目付と力を合わせ、ご家老の不正を暴く」

おのれの声とも思えぬ響きが、耳の奥で虚ろに起こる。慣れぬ経文でも読むような、力の失せた声音だった。「あの娘には、なんの関わりもなきこと」

祖父が片頬をゆがめる。怒っているようでもあり、悲しんでいるようにも見えた。そのまま、喉の奥からしゃがれた声を洩らす。

「なるほど、倉木どのが彦五郎に手を伸ばしさえしなければ、と思うておるわけか」

「…………」

「その通りともいえるが、なんの関わりもないともいえる」

「それでは、あの娘に対して、わたしの気がすみませぬ」

つぶやきながら、ひと足祖父に近づいた。しぜん詰め寄るかたちになっている。ちょうど目の高さに左太夫の月代《さかやき》があった。数え切れぬほど顔を合わせていながらおかしな話だが、このひとはじぶんより背が低かったのだと今になって気づく。祖父がぎろりと眼差しをあげ、はじめて聞くようなするどい声を発した。

「――気などすまんでよい」

ことばに弾かれて立ち尽くす。左太夫の全身から、目に見えぬ炎のごときものが沸き立っているようだった。

「すこしは物が分かってきたかと思うたが、まるで童のようなことをいう……すまぬ思いの百や二百、抱えたままあの世へ行くのが大人というものであるわえ」

声も出ぬまま、祖父の面を見つめる。途切れることのない人波がかたわらを擦りぬけていったが、ふたりに目を向けるものはなかった。左太夫がこころもち顔を突き出し、こちらの瞳を覗きこむ。

「彦五郎を殺めたのは誰だ」

冷たいともいえる声音を浴び、足もとがふらつきそうになった。かまわず祖父がつづける。

「そなたが憤《いきどお》るべきは、下手人であろう。倉木どのではない」

「ですが」

おもわず声を発すると、左太夫がさえぎるようにかぶりを振った。

「ひとは目のまえのことにしか責を負えぬ」

わしもそなたも、と付け加えて吐息をついた。「むろん、倉木どのもじゃ」

夜の風が着物の裾を嬲《なぶ》って吹きすぎてゆく。かるい身震いをおぼえた。

——おれの責とはなんだ。

ひとりでに問いを発していた。下手人を見つけ出すこと、とつづけるつもりのことばをあわてて呑みこむ。いくら振り払おうとしても、父の蒼白い顔が浮かび上がってきたのだった。

# その前夜

## 一

「富由里への寄港は神無月《かんなづき》のなかばになるようです」

日野武四郎が一座を見回しながら告げた。左太夫と小宮山喜兵衛が無言のまま、うなずき返す。総次郎は、造作をかけたなといって低頭した。

一膳飯屋〈壮〉の小上がりである。たまには河岸《かし》を変えようと祖父にいわれて赴いたのがここだった。藍地の暖簾をくぐったときは驚いたが、

「——お知り合いで」

それは店のあるじも同様だったらしい。四人の顔をかわるがわる見比べ、おおきく目を開いていた。

「すでに馴染みとなっておったか」

こちらの筋もよさそうじゃの、といって祖父が笑声をあげる。小上がりに座をしめると、ある

じの新三が盆に酒と突き出しを載せて持ってきた。

しろく透きとおった烏賊《いか》の刺身が青い小鉢に盛られている。すこしだけ醬油をつけて口に入れると、しっかり歯ごたえがあるにもかかわらず、すんなりと嚙み切れた。ほのかに甘い味わいさえ舌のうえに残っている。

「旨いな」

真っ先に武四郎がいうと、

「まことに」

めずらしく喜兵衛が和す。それがおかしかったのか、二人して顔を見交わし微笑を覗かせていた。

「それは、よろしゅうございました」

どうぞごゆっくりと言い置いて、あるじが板場に戻ってゆく。ひとしきり盃を干したあと、武四郎が北前船の寄港について口火を切ったのだった。蝦夷地を発した船は、ほぼひと月さきに富由里へ立ち寄るという。昆布をあきなう店をいくつか覗いて確かめたものらしかった。公の報せが届くのはもう少し先だが、神山城下では昆布がよく売れるから、商家のほうが抜かりなく待ち受けている。大きなずれはないものと見てよかった。

――そのとき、この割符が。

おぼえず懐をつよく押さえる。さよから渡されたくだんの紙片がそこに収まっているのだった。これと引き換えになにが渡されるのかは分からぬが、年端もゆかぬ娘の守り袋に忍ばせるくらいだから、よほど重要なものであることは想像がつく。さよもそれを察しているからこそ、幼いなりの決意をこめて総次郎に託したのだろう。

あれからも、少女は目につく変化を見せるわけでなかった。相変わらずめったに笑わぬし、ほとんど話しもしない。だが、

「近ごろ食がすすむようになりました」

母の満寿がうれしげにいっているから、明るいほうを向きはじめていると思いたかった。

大目付への協力については、まだわだかまりが氷解したわけではない。が、さよから手渡された紙片を生かすにはその方がよいと思えるくらいには頭も冷えていた。もし倉木のいうとおり、筆頭家老・佐久間隼人正がからんでいるとすれば、町奉行だけで手を出せる相手ではないし、いずれにせよ、下手人を突き止めるのがおのれの務めだという事実は動かぬ。そのためにできることは、ためらわずにやるべきなのだろう。

「ひと月先じゃの」

左太夫が盃を弄びながらつぶやく。北前船か、と押し殺した声でつづけた。

おそらくいま、祖父の脳裡には富由里湊の景が浮かび上がっているのだろう。あるいはおのれと同様、そこに藤右衛門の姿が刻まれているのかもしれぬ。父に問いただしたいことは数多あるが、会うのを怖れる気もちも拭えなかった。

苦く感じる酒を幾度か干し、武四郎とふたり、小上がりからおりる。祖父たちはもうしばらく呑んでいくということだった。常ならぬ気配を察したのか、銭を受けとる新三も、ことさら声を

かけようとはしない。

暖簾を掻き分け表へ出ると、日はすでに落ち、あたりが濃い藍色に染まっている。足もとから忍び寄る夜気も、いちだんと冷たくなってきたようだった。

柳町を出るまでのみじかい間に、途切れることのない人波と擦れ違う。ふたりとも黙りこくったまま楼門をくぐり、屋敷のほうへ足を向けた。

すこし離れただけで遊里のさざめきは幻のごとく遠ざかり、転がるような虫の声がそれに代わる。振り返ると、遠い闇のなかに数知れぬ灯火が滲んでいた。周囲は丈の高い杉林に囲まれている。虫の音がひときわ高まり、じぶんたちの足音と混じり合って耳の奥で響いた。

「……どこまで付き合えるものかな」

ふいに武四郎がいった。あたりが静まっているせいか、その声音が、やけにはっきりと耳に刺さる。

問い返そうかと思ったが、そうはしなかった。部屋住みの身で、この件に関わるのはそろそろ難しいと言いたいのだろう。その考えが的外れというわけでもなかった。

武家にかぎらぬが、誰しもさまざまな枷《かせ》に搦め取られて日々を過ごしている。そのひとがどうかより、いかなる立場にあるかということで物ごとが決められてゆくのだった。分かっているつもりだったが、

「どこまでも付き合ってくれ」

口にしたことばはまるで異なっている。願望というべきかもしれぬが、違うことをいいたくな

かった。

武四郎が苦笑めいた声にまぎらし、我がままなやつだな、とつぶやく。かるい笑声だけ洩らして答えに代えた。土を踏みしめる音だけが、夜の底に広がってゆく。

闇に亀裂が走った、と思ったときには、左手の杉林から飛び出した白刃が目のまえに迫っている。かろうじて躱したものの、手の甲にするどい痛みが走った。体勢をくずし、武四郎のほうに雪崩《なだ》れかかる。うわっという声があがり、ふたりして倒れ込んだ。

どうにか抜いた大刀が、振り下ろされた刃を受け止める。相手は編笠をかぶって黒い着流しをまとっているらしく、白くきらめく刀身だけが闇に浮き上がって見えた。

そのあいだに武四郎が腰を起こし、脇から敵に斬りつける。すばやく身を退いた対手は、大気が裂けるような音を立てて刀を横へ薙《な》いだ。甲高い響きとともに武四郎の大刀が弾き飛ばされる。いきおいで、対手の上体がわずかに傾いだ。その隙を縫って、総次郎は渾身の一撃を放つ。

切っ先に手ごたえをおぼえると同時に、重い呻き声があがる。闇にまぎれてはっきりとは見えぬが、肩のあたりに傷を負わせたようだった。

踵を返した対手が林のなかに駆けこんでゆく。追うなら今だと思ったが、その力は残っていなかった。おい、だいじょうぶか、と呼びかけながら武四郎が近づいてくる。

「――ああ」

短く応えて納刀すると、

「すまんな、そこそこで」

相手が何ともばつわるげに鬢を掻いた。

呆気なく刀を払われたことを言っているのだろう。吹き出しそうになった唇もとを嚙みしめ、まだざわめきの残る杉林を見やった。

総次郎は淏い闇を透かし、おのれの手を見つめた。わずかとはいえ、対手の肉をかすめた感触が掌に残っている。富由里の浜にたたずむ父の面ざしが暗い杉林に重なるようだった。

# 二

ごりっぱなお孫さんで、というあるじのことばを、わざとらしい苦笑でいなして〈壮〉を出た。めずらしく足に力が入っていない。それほど呑んだ覚えはなかったが、これが齢を取るということなのかもしれなかった。

めざとくそれを察したらしい。お送りいたしましょう、と喜兵衛がいい、かたわらに立って歩きだした。ここで断るのも野暮というものだろう。むろん、相手も手を添えたりはしない。ながい付き合いだから、そのあたりの呼吸は心得ているのだった。

厳しくつめたいものを孕んだ夜の風が吹きすぎてゆく。ひといきに酔いのさめる心地がした。朧《おぼろ》に灯の滲む大通りをふたりして歩く。どの店も程度の差はあれ賑わっているらしく、酔客の声が絶え間なく耳の奥を転がっていった。じき〈賢木〉の構えが目に入ってくる。

夜帰るときは客とまぎれぬよう勝手口から入るのが常だが、喜兵衛は知らぬから、そのまま玄関へ向かおうとした。止めようとしたが、ふと思い立ったことがあって、放っておくことにする。

上がり框で出迎えたはるは、寸の間おどろいたような面もちを浮かべたが、むろん勝手口の方へ回らせたりはしない。ちょうど客あしも落ち着いたところらしく、みずから離れのほうに先導してくれた。喜兵衛はぎこちない表情ながら、左太夫に付き添う体でだまって足をすすめる。

自室に入ると、意外なほどあたたかな空気が総身を包んだ。よく見ると、隅のほうにはやばやと火鉢が出されている。暗くなってから部屋をあたためていてくれたのだろう。左太夫は、すこし眠うなった、といって文机の脇に横たわった。

「もうお寝みになりますか」

はるが問うのへ、

「いや、ちょいと横になるだけじゃ」

と応える。おかみは心得た体で次の間から掛け布団を出し、首から下を覆ってくれた。

喜兵衛は突っ立ったまま、手持ちぶさたな風情でそのようすを見つめている。布団にくるまった左太夫が背を向けると、

「では、これで」

みじかくいって踵を返した。

「お見送りいたします」

いくぶん固い声ではるがいうと、

「無用じゃ」

ことば少なに告げる。おかみがとっさに身を強張らせると、ふいに柔らかい響きを籠めて発した。

「気が向いたとき、うちへ来るとよい……倅の位牌がある」

それだけいうと、足早に座敷を出ていく。喜兵衛の足音が遠ざかるなか、左太夫はゆっくりと身を起こした。立ち尽くしたはるが、どこかしら照れくさげな笑みを浮かべてこちらを見下ろしている。

「どうなされたのでしょう」

ようやく口にしたことばは、誰かに問うようでもあり、ひとりごとのようでもある。左太夫はわざと皮肉げなかたちに唇を曲げ、そっけなく言い放った。

「なに、年寄りの気まぐれじゃ」

おそらく、と左太夫は思った。大事が近づいていることを肌身で感じ、心残りを果たそうという気になったのだろう。

だいぶ前から喜兵衛がはるを心にかけていることは感じていた。寺で会い、その気もちがより形を成したに違いない。あとは、きっかけさえあればよかった。

「そう申されましても……」

はるがためらいがちに眼差しを落とす。左太夫は笑声をあげて立ち上がった。喜兵衛が立っていたあたりを見つめながらつぶやく。

「構うことはない。どんどん行ってやるといい」

三

屋敷まで行こうと武四郎はいったが、傷はあさく、血も止まっている。だいじょうぶだと応えて、門のまえで別れた。

小川の水で洗い流したから手に血は残っていないが、傷と着物の汚れは隠しようもない。さぞ母に驚かれるだろうと思ったものの、よい方策も考えつかなかった。

門をくぐると、玄関先に点った灯がぼんやりと望める。すこし前まで蛙の声が残っていたが、いまは耳に留まらない。かわりに虫の声がさかんにあたりを覆っていた。

三和土に立つと、ほとんど間を置かず満寿があらわれる。総次郎のありさまを目にして息を詰めたが、

「厨《くりや》で手当てをいたしましょう」

それだけいうと、今いちど奥に戻っていった。

そちらへまわったところで、徳利を掲げて母があらわれる。流しに軀をもたせかけて傷口を差し出した。

満寿が徳利をかたむけると、とくとくと音を立てて焼酎が流れ出る。傷に注がれると、思った以上の痛みが走った。おぼえず眉をひそめたところで、母が布を当てる。濡れたところを拭きと

って、晒しを巻きつけてくれた。すこしずつではあるが、痛みが落ちついてくる。

「――何者かに斬りかかられました」

総次郎は口籠もりながらいった。母へ告げることにためらいはあったものの、どう見てもごまかしようがない。満寿は気づかわしげな色を頬のあたりに浮かべたが、ややあって、

「用心なさることです」

といって面を伏せた。それ以上、なにを言っていいのか分からなかったのだろう。しばらくのあいだ、そのまま思いにふける様子だったが、やがておもむろに膝を起こした。

総次郎は厨の上がり框に腰を下ろし、足もとへ眼差しを落とした。庭ですだく虫の声が、とつぜん勢いを増したように感じる。

暗がりのなかに父の面ざしが滲みだした。富由里におもむいたあと、祖父がめずらしく歯切れのわるい物言いをしていたことが頭から離れない。

――あるいは今の対手も……。

いくど打ち消そうとしても、その考えが執念ぶかい蛇のように脳裡を刺す。父と背格好が似ているともいえたが、藤右衛門は中肉中背というところだから決め手には欠けていた。

まさか父がといいたかったが、おのれがそのひとのことをろくに知らないと気づく。もっと話をしておけばよかった、と思いはするものの、闇に浮かんだ父の顔は、表情もないまま、いつまでも溟い虚空にただよっているだけだった。

大気がそよぐような気配を感じて振り向くと、さよが柱の陰から顔だけ覗かせ、こちらを見つ

めている。笑いかけようとしたが、うまくいかなかった。重い扉をこじ開けるようにして、曇った声を発する。

「……おまえが渡してくれたものは、無駄にしない」

少女が戸惑ったふうに首をかたむける。総次郎はいちど目を瞑ってから、ゆっくりと瞼を開けた。

「たいせつにするということだ」

さよの顔から、つかのま表情が消える。目を伏せて、消え入りそうな声音でいった。

「いたい」

「え」

どこか痛むのかと思い、あわてて聞き返すと、少女がおずおずと指先をあげ、総次郎の手に巻かれた晒しを差す。ああ、とつぶやき、唇をほころばせた。

「だいじょうぶだ。もう痛くない」

かるくうなずいたかと思うと、さよがそのまま身をひるがえす。少女の口もとにかすかな笑みが浮かんでいるように思えたが、たしかめる前に小さな影は消えていた。

## 四

寝つきはいいほうだが、当てはまらぬ日もないわけではない。今宵もそのひとつだった。左太夫は瞼を閉じたまま、いつもとおなじ遊里のさざめきを聞いている。先ほどから、すこし微睡《まどろ》んではみ目ざめることを繰りかえしていた。ひと晩くらい眠れずとも困りはしないから、まあよいかと開き直って、頭に流れてくるよしなしごとをぼんやり見つめている。

証しはないが、北前船の到来でなにかが大きく動くのだろうという予感がある。そこに藤右衛門が関わっているのかは見当がつかなかった。が、いま左太夫の胸を占めているのは、倅よりも筆頭家老・佐久間隼人正のするどく削げたような面ざしである。

倉木には総次郎が来るまえに話したが、佐久間とは影山道場の同門だった。腕はおそらく左太夫のほうが上だったが、それほど開きがあったわけでもない。あちらは普請奉行の倅で家格もほぼおなじ。齢も近かったから、親しいといっていい仲だった。

おたがい家を継ぎ、役に就いてからは行き来する間もなかったが、佐久間は領内を流れる杉川《すぎかわ》の治水に功があり、四十すぎで家老の末席に列なった。十年かけてひそかに与類をつのり、〈桜ヶ淵の変〉で筆頭家老の座に昇り詰めたのである。

うらやましいとは思わぬものの、どこか讃嘆にも似た心もちを拭いきれぬのは確かだった。若いころは茫洋として捉えどころのない男だったが、いつの間にか、よくもわるくも業の深げな面構えとなっている。

あの男が不正など、とは微塵も考えぬが、それを暴く振る舞いにおのれが加わるというのは皮肉だった。抜けてもよいようなものだが、ふしぎとそうする気にならぬ。彼の者の行く末を見届けたいという気もちにあらがえなかった。

――もっと偉くなってやる。

というのが、若いころから佐久間の口癖である。気もちは分かったが、左太夫自身は町奉行という家職が嫌ではなかったから、与《くみ》しもしない。適当にご高説を聞き流すのが常だった。

とにかく上へ登りたがるものというのは確かにいて、それがわるいともいえない。結局はひとさまざまという、ありきたりなところに落ち着く。ようは偉くなって何をしたかということだろう。

家老としての佐久間は可もなく不可もなしといったところである。目立った失政もないゆえ家中から不満の声もあがらぬが、普請奉行として成した治水を越える功もなかった。追い落としたかつての執政たちに劣りはしないものの、大方の目から見れば、たいした違いはない。政変などというは、元々そうしたものかもしれなかった。

左太夫は吐息をつき、瞼を開く。いつの間にか、闇の向こうから鶫《つぐみ》とおぼしき声が聞こえている。あたりは塗り籠めたように暗かったが、思ったより暁が近づいているのかもしれなかった。

# 五

「おおよそ十二、三艘《そう》の北前船が入りこみ、かなりの賑わいとなります」

沢田弥平次が口をひらいた。朝の光が執務部屋に降りそそぎ、膝のまえに広げた富由里の絵図を照らし出している。総次郎はこころもち上体を乗り出し、絵図と沢田をかわるがわる見つめた。かたわらには、ふたりを見守る体で小宮山喜兵衛がひかえている。

富由里湊は町奉行所のあつかいとなっているから、新任の総次郎以外は北前船の寄港にも慣れている。一艘の船に十人以上の者が乗っているから、百人を超す人数がいちどきに神山の地を踏む見当だった。

水夫たちは酒や女をもとめて町に繰り出すため、滞在しているあいだは、喧嘩や騒擾《そうじょう》も起こりがちとなる。例年気が抜けぬ時季とは聞くが、ことしはそれ以上の覚悟が必要だった。

「毎年数名の者を遣わし、騒ぎが起こらぬよう目を配ります」

沢田がひとことずつ確かめるようにいった。倉木とのことはまだ話していないが、いずれ伝えぬわけにいかぬだろう。が、目付方と町奉行所の仲が剣呑なのは伝統といっていいから、この男がどう捉えるかに不安があった。

——なるほど。

倉木どのが手を差し伸べてきたわけだ、と思った。奉行所ならしぜんと富由里に人手を遣わすことができる。佐久間に怪しまれることもないはずだった。

城下の商人も湊にあつまり、昆布や鰊《にしん》をはじめ、北の匂いがする品々を買い取ってゆく。むろん、それに利幅をくわえ、城下や江戸大坂で売りさばくのだった。北前船が富由里に立ち寄っているあいだ、一見ひっそりとしたあの漁村が、思いもかけぬほどの変貌を遂げるのだろう。いくら頭を凝らしてみても、想像するのは容易《たやす》くなかった。

「で、遣わす顔ぶれですが」

沢田がことばを切り、十名ほどの名を挙げる。喜兵衛や筆頭同心たる当人もそこに入っていた。

「そのことだが」いくぶん声がためらいがちとなる。「わたしも行くつもりだ」

相手がかるく息を呑み、危ぶむような面もちをたたえる。しばし間を置き、籠もった声で応えた。

「お裁きが滞ります」

「承知している」

沢田が困惑に満ちた眼差しを喜兵衛に向ける。だが、筆頭与力はあいまいな笑みを返しただけで、声を発しようとはしなかった。総次郎は喉を張るようにしていう。

「行かねばならぬ理由があるのだ。まだ話せぬが」

浅黒い顔に、ふかい戸惑いの色が走る。そのまましばらく無言をつらぬいていたが、ややあって、

「承知つかまつりました」いいざま低頭した。「いずれお聞かせ願えればと存じます」

「そのつもりだ」

ゆっくりとあがった沢田の面に語りかける。わずかながら相手の唇がほころんだようだった。

屋敷の近くまで帰りついたときには、日もすっかり落ち、薄墨色の大気がひと足ごとに濃さを増している。暮れる時刻も日に日に早まってきたようだった。

時分どきかと思ってすこし気が引けたが、日野家の門を敲《たた》いておとないを入れる。あたりはうっそりと静まり返っているから、顔見知りの中間がすぐに聞きつけ、客間へ通してくれた。

「めずらしいな、こんな時刻に」

待つほどもなく武四郎があらわれる。すこし遅れて番茶をはこんできた奈美は、案じげな眼差しでふたりを見やったものの、口をひらくでもなく部屋を後にした。なにをいえばいいのか、見当がつかなかったのだろう。

かろやかな虫の音が耳の奥で転がるようだった。ひとくち茶をふくむと、強張っていた軀の芯がゆるんでくる。知らぬ間に、ずいぶんと冷えていたらしい。

「――じき北前船がくる」

湯呑みを置くと、その勢いを借りるようにしていった。「おれは富由里へ行く」

「ああ」武四郎が静かな声音で応える。「それを言いにきてくれたのか」

うなずき返すと、総次郎はわずかに目を伏せてつづけた。

「ありがたく思っている」

いっしょに来てくれとも、連れていってやれず済まないとも言えなかった。むろん、あやうい旅路だということもあるにせよ、それ以上にこの男をともなう術がない。どこまでも付き合ってくれといった気もちに変わりはないが、私的な場であればともかく、公の務めとなれば奉行所以外の者を同道させるわけにはいかぬ。それは、かつての奉行である左太夫も同様だった。どれほど足掻《あが》いても武家の矩《のり》は強固で、たやすくは崩れない。

面をあげると、武四郎がはじめて目にするような眼差しでおのれを見つめている。十や二十も齢をかさねたごとき、深い色をたたえた瞳だった。

「会えるといいな……その、お父上に」

うむ、とだけ応えて唇を噛む。藤右衛門のことは、おたがい言葉にせぬよう牽制しあってきたところがあった。口にすることを怖れていたといっていい。

「いずれ、おれたちもひとの親になるのかな」

総次郎はぽつりとつぶやいた。そうしたことを真剣に考え詰めているわけではないが、ひとりでに喉から零れ出たのである。まあ、そうなのかな、とひとりごつようにいって、武四郎がこうべをめぐらす。何ごとか思い起こしている風情だった。

「すべての子育てはしくじるもの……と誰か言っていた気がする」

「誰かとは」

「親父かな」

ひどい話だろう、といって笑声を洩らした。いいのかな、と思いながら、釣られて吹きだしてしまう。それに煽られたのか、武四郎がいっそう大きく肩を揺らした。

ひとしきり笑い合ったあとは、かえって口を噤んでしまう。虫の声も途切れがちとなっていた。冷たいほどの静寂があたりに満ち、肌へ刺さってくるように感じられる。

しばらくしてまた虫の音が萌《きざ》しはじめたところで、

「ではな」

と言いながら立ち上がった。武四郎も、うなずき返して腰をあげる。玄関先には奈美がひかえていて、うかがうような瞳をこちらに向けていたが、ことさら問いかけようとはしない。そのまま履き物に足を通し、振り返らぬまま外へ出た。

澄みきった夜空に無数の星が散りばめられている。総次郎は顔をあげ、驚くほど濃い漆黒の天蓋と銀色のきらめきをじっと見つめていた。

# 六

総次郎が訪ねてきたと告げられたのは、朝餉をすませてほどなくのことである。はるの面もちにどこか案じるふうな影が見受けられるから、孫はただならぬ気配を漂わせているのだろうと察せられた。

案の定というべきか、ほどなく離れにやってきた総次郎は、張り詰めた表情をあらわにしている。いつもは赤い唇の色も、こころなしか蒼ざめているように見えた。茶をはこんできたお咲も、どこか畏れるふうな色を面に浮かべ、早々に立ち去ってゆく。

「いよいよか」

短く声をかけると、膝を揃えながら、

「はい」

と応えを返してくる。尉鶲《じょうびたき》とおぼしき甲高いさえずりが、常よりいくぶん低いその声と重なった。

心して行けとか、武四郎には会ったのかといった当たり前のことばが頭をよぎったが、かたちにはならない。ここで千万言ついやしたところで、なにも伝わりはしないだろう。なにかしら為すことだけが意味をもつ折というものが、たしかにあるのだった。

が、

「もしも――」

とつぶやいたきり、総次郎が口をつぐむ。そのまま眼差しを落とし、膝がしらのあたりを見つめた。

左太夫は促しもせぬまま、端座した孫の姿を見つめる。乾いた日ざしが濡れ縁を照らし、あるかなきかの風に冷たいものがふくまれていた。

どれくらい刻が経ったか、沈黙に耐えかねた風情で、総次郎が面をあげる。そのまま、おもむろに唇をひらいた。

「その、父上に会えたら」

どうすべきでしょうか、とつづけた声は、ひどく掠れている。ほんとうに言いたいことは分かっていた。もし藤右衛門が兇刃の主だったら、というのだろう。

それは、いつからか左太夫自身の胸にもわだかまっていたことだった。そもそも、失踪したまま富由里湊にひそんでいるというのが只事ではない。思いがけぬ倅の剣さばきと、世のなかへ向けられた潟い眼差しを目にすると、湧き出ずにはいない疑念だった。

藤右衛門に罪があれば、知らないでは済まされぬ。当主でないだけよいともいえたが、草壁の家も無傷ということはないはずだった。

「……わしにも分からぬ」

しばらく考えてはみたものの、ようやく出てきた応えはそれだけでしかない。いまは倅のすべてが分からなくなっていた。だが、ひとつだけはっきりしていることがある。もし藤右衛門を斬らねばならぬとしたら、それはおのれの務めなのだった。

途方に暮れた体で総次郎がこうべを垂れる。くろぐろとした髷が朝の光を浴び、そこだけ別の生きものでもあるかのように浮き立って見えた。

# 北前船

## 一

十隻以上もの北前船が幅の広い川を埋めるように並んでいる。大半は六百石積みだが、千石積みのものもいくつかあった。そうなると舳先《へさき》から艫《とも》まで十数間もあるから、巨人の乗り物でも押し寄せたかのごとき錯覚に見舞われてしまう。

草壁総次郎は川べりにたたずみ、眼前に聳える影を見上げていた。何十人もの船頭が休みなく荷を下ろし、運上所の足軽たちが慣れたしぐさでそれを運び去ってゆく。荒々しい怒声が絶え間なく飛びかってはいるものの、怪しげな気配は感じなかった。はじめて見る光景だから、これまでと比べるべくもないが、かたわらに立つ小宮山喜兵衛や沢田弥平次も不審を抱いたようすはないから、今のところ胡乱なさまは見えていないのだろう。

半刻以上にわたって注視していたが、とくに訝しい点もうかがえないまま、積み下ろしがおわる。取り残されたような荷は見当たらなかった。このまま運上所へ足をはこび、売買の遣り取りを見守ったほうがいいのかもしれぬ。

やはりおなじことを考えたらしく、

「参りますか」

喜兵衛がことば短かにいった。沢田も指図を待つ面もちでこちらを仰ぐ。総次郎はかるく顎を引き、先に立って歩きはじめた。まわりが急に暗くなったと感じて面をあげると、北前船の影が自分たちに伸しかかっている。わけもなく身震いしそうになるのを抑え、足どりを速めた。

いちどは来た町だから道のりに覚えもあり、運上所までは迷いもしなかった。足を踏み入れると、この時季とも思えぬ人いきれが籠もり、息苦しいほどになっている。船主と神山城下の商人が値を交渉し、思い思いに売買をおこなっているのだった。

あつかう品は多岐にわたっており、鰊や昆布のように北の風情をただよわせるものだけではない。蝦夷地を発った後もあちこち寄港して買い付けをおこなっているから、砂糖や塩、各地の漆器、油や材木といった具合に幅広く、あまたの商家が船というかたちを借りて日の本じゅうを巡っているおもむきさえあった。

隅にたたずんで様子をうかがっていたが、総次郎たちを気に留めるものなどいない。みな目のまえの商いにすべての心もちを注ぎ込んでいるのだった。

――これが商いか。

おのれの瞳を通って、熱い息づかいのようなものが押し寄せてくる。つかのまお調べのことは頭から消し飛び、船主や商人のうごめくさまをひたすら追いつづけていた。町人や商家のものと接する機会はここ半年でにわかに増えたが、白洲でかしこまったさまとは、まるでことなっている。得体のしれぬ生きものを目の当たりにする心地さえして、わずかながら掌が汗ばんでいた。

「お奉行」

喜兵衛が案じげな声をかけてくるのは、端からも呆然として見えたのだろう。総次郎は面もちを引きしめ、みずからを取りもどすように今いちど周囲を見渡した。

「すまぬ、だいじょうぶだ……すこし驚いてしまっただけで」

ああ、とつぶやいて筆頭与力が沢田に視線を向ける。「この者も、はじめて来たときはそのようでございました」

「いかにも、まるきり呑まれておりましたな」

沢田弥平次がどこか懐かしげな口ぶりでいう。奉行所のなかで一、二をあらそう遣り手にもそうした時期があったのかと思った。この男には、どこか引け目を感じるようなところもあったが、今だけはその心もちが消えている。

とはいえ、これだけひとが犇《ひし》めいていては、なにか不正があったとしても容易く分かりはしないだろう。奉行所のもの十数名を各所に配しているが、かりに総出で連れてきたところで目が行き届くとは思えなかった。

「――これはお奉行さま」

低く重い声がかたわらで起こり、面を向ける。番頭らしき男を幾人か引き連れた信濃屋源兵衛が、手の届くほど近くにたたずんでいた。船頭かと見紛うような褐色の面をこちらに向け、ゆったりとした笑みを浮かべている。

「お務め、ご苦労さまにございます」

こうべを垂れながら発した声音が腹に響く。気圧されるものすら覚えながら、

「そなたもな」

どうにかそれらしく答え得たのは上出来というべきだろう。当の信濃屋もそう思ったのか、

「恐れ入りまする」

唇をねじるような笑みを返す。そのまま喜兵衛たちに向けて低頭するのへ、沢田弥平次が応えながら発した。

「彦三郎の件では世話になった」

おや、と思ったが、総次郎が口をひらくまえに、

「まことに恐れながら、彦五郎でございます」

信濃屋が苦笑をたたえながらいった。これは迂闊なことを、とつぶやき、同心が眼差しを逸らす。沢田ほどの者でもこの男のまえでは浮き足立つのかもしれない。おのれ自身、息が詰まるような重みを覚えずにいられぬのだから、無理もなかった。その感じは、筆頭家老・佐久間隼人正から受けるものとどこか似ている。頂にいる者どうし、何かしら通じるところがあるのだろう。

ではご無礼つかまつりまする、と告げた信濃屋が、ゆっくりと遠ざかってゆく。まわりにいた商人や船頭たちがあわててこうべを下げ、道を開けるように左右へ退いた。奉行所の者などよりも、よほど畏怖の念を抱かれていると感じるのも僻《ひが》みではあるまい。総次郎は、肩の張った厚い

背中が離れてゆくのをただ黙って見つめていた。

信濃屋だけを追っているわけではないが、気がつくと目がその姿を探している。あれほどの大店になると、取り引きのある船主もかなりの数にのぼるらしい、すこし話しこんでいるだけで、たちまちそれなりの刻が過ぎてゆくようだった。

いつしか、運上所のなかにも藍色に滲んだ大気が広がっている。人影も減り、この季節らしい肌寒さが忍び寄ってきた。北前船は十日ほど湊に泊まり、そのあいだ城下で買い付けをおこないもする。目を配るべき折はまだ無数にあるはずだが、さいしょの一日が暮れようとしていることに焦りめいたものを覚えるのも事実だった。気がつくと、息づかいも乱れている。

「お奉行」

沢田弥平次がひそめた声を投げてきた。視線の先をたどると、四十がらみの船頭がひとり、手持ちぶさたな風情であたりに視線を這わせている。あからさまではないものの、どこか不安げなさまと感じられた。心なしか、だれかを探しているようにも見える。いくぶん前屈みな立ち姿から目を逸らすことができなかった。

しばらく見守るうち、くだんの船頭が周囲をうかがうようにしながら身をひるがえす。すばやい足取りで運上所の外へ出ていった。総次郎が行こう、というまえに、もう喜兵衛と沢田が爪先を踏み出している。ただの思い込みかもしれぬが、船頭の動きは待ち人が来なかったため諦めて引きあげたようにも見えた。

表に出ると、思ったよりも濃い闇があたりに広がっている。いそいで周囲を窺ったが、それらしき姿は目につかなかった。喜兵衛たちもしきりにこうべをめぐらしているものの、やはり見つけられずにいる。さほど間を置かず出たはずだが、相手もそうとう用心しているのかもしれない。

木枯しということもなかろうが、にわかに強い風が吹き抜けた。われしらず、髻《もとどり》に手を当てている。思い詰めたような幼い眼差しが胸の裡によみがえってきた。

旅籠に引き上げ夕餉を済ませてからも、落ち着かぬ気分が拭えない。総次郎は二階の窓辺に身をもたせ、溟く沈んだ通りをぼんやりと見下ろしていた。喜兵衛たちは今いちど町なかを探してみるといって半刻ほどまえに宿を出ている。自分も行くといったのだが、沢田が、

「万一のことがあっては取り返しがつきませぬ。ここで我らのつなぎをお待ちいただきとうございます」

めずらしくきっぱりと告げるのでしたがった。左太夫流が通じる時世ではないのかもしれぬし、それをつらぬくには、積み上げたものが足りないということだろう。

思いに耽っているうち、階をあがってくる足音が耳朶を打つ。だれか戻ってきたのかと思ったが、響きの軽さから女らしいと見当をつけた。

「失礼いたします」

案の定、声をかけて襖を開けたのは、三十がらみの女中である。名のっているわけではないが、町奉行所の定宿だからあるいはと察しているらしく、ぎこちなく膝をついて手を差し出して

きた。とっさには何か分からなかったが、目を凝らすと折りたたまれた紙片のごときものが女の掌に載っている。身を乗り出して受け取ると、

「十《とお》くらいの男の子が持って参りまして」

ためらいがちに告げた。駄賃かなにかをもらって届けたらしく、渡すや否や、さっさと帰っていったという。

「造作をかけたな」

みじかく応えると、安堵した面もちを浮かべて女中が退がってゆく。襖が閉まると同時にあわただしく紙片を開いた。記された文言を目にした途端、息が止まる。

〈飛龍丸《ひりゅうまる》　ひそかに　父〉

書きなぐったような筆跡だから、まこと藤右衛門かどうかは自信が持てなかった。が、違うとも言い切れない。飛龍丸というのは、湊に泊まっている北前船の名だろう。うろ覚えではあるものの、そのような船名を目にした覚えもあった。内々でそこへ足を運べという意味に違いない。

――あやういな……。

むろん、そう思わぬではなかった。何者かが、おのれを誘《おび》き寄せようとしているのかもしれぬ。そこまで見据えていながら罠にかかるとしたら、愚の骨頂というべきだった。

それでいて、抗いがたいものを感じている。もしこれがまこと父からの使いであれば、じぶんと会うつもりがあるということになる。その機会を逃したくはなかった。

いつでも話せると考えていたのは間違いで、ひととひととが心もちを伝え合う折というのはそ

う多くないらしい。皮肉なことだが、それを教えてくれたのは父自身の失踪だった。

――ここで行かぬ目はなかろう。

考えがまとまると同時に立ち上がっている。総次郎は大小を手挟《たばさ》むと、急ぎ足で階を下りた。いま喜兵衛たちが戻れば話も違ってくる、と思ったが、その気配はない。先ほどの女中が総次郎をみとめ、お出かけですかと声をかける。せめて言付けを残していくべきかもしれぬが、〈ひそかに〉ということばが脳裡にちらつき、けっきょく、

「夜風に当たってくる」

ひどくありきたりなことだけ言い置いて履き物に足を通した。

通りに出ると、濃い潮の香りが全身を包んだ。二階の窓辺にも漂っていたはずだが、考えに耽っていて気づかなかったのかもしれない。この時刻になると、べたつくような湿り気はすでに失せていた。

いちにちの仕事を終えた船頭たちが連れ立って歩いている。程度の差はあれ、どの顔もいちように赤らみ、上機嫌な風情をたたえていた。陸《おか》に上がった時の酒や女だけが楽しみなのだろうから、無理もない。武士の姿はおのれのほかに見当たらなかったが、気に留める者もなかった。

昼間たどった道を思い返しながら湊のほうへ足を向ける。ひとときごとに海の気配が近づいてくるようだった。

夜の底に黒く沈んだ船影が浮かんでいる。風もほとんどなく、水面はおだやかにたゆたっているが、それでいて、かすかな波音が絶えることなく船の横腹を叩いていた。

〈飛龍丸〉を探そうと思ったが、月明かりは雲に隠れがちで船名を見定めるのは思いのほかむずかしかった。一艘ずつ確かめていくうち、心なしかあたりの静けさが増している。喜兵衛や沢田も宿へ戻っているころだろう。総次郎がいないのに気づいて案じているかもしれなかった。

いくぶん焦りを覚えはじめたところで、ようやく〈飛龍丸〉の名を船首に見出す。五、六艘目だから、はやく見つけられた方だともいえた。

が、見上げるまでもなく巨大な影が頭上に伸しかかっている。むろん、川べりからそのまま乗れるわけもなかった。艀《はしけ》で近づき、船端から下ろされた綱を伝って登ると知ってはいるが、考えてみれば、これほど大きな船には乗ったこともない。

手をつかねて佇んでいると、

「――お持ちでございますかい、大事《でえじ》なものを」

かたわらで嗄れ声が響く。おどろいて顔を向けると、運上所で目を留めた中年の船頭が、探るような眼差しでこちらを見上げていた。

ああ、と応えて懐から例の割符を取り出す。念を押すまでもなく、男が求めているのはこれに違いなかった。

その思案は誤っていなかったらしい。男はやはり懐からなにかを引っ張り出すと、総次郎の渡した割符と合わせ、月明かりにかざした。男が持っていたのは、似たような図柄の書かれた紙片である。ふたつの割符をつなぎ合わせ、食い入るように見つめたのち、

「相違ございません。じゃ、こちらへ」

むぞうさに川のほうを指し示す。ほの白い月光のなか、一艘の艀が黒い波に揺られていた。ためらう気もちもあったが、ここまで来てやめるわけにはいかない。

艀のなかには三十前後の男がひとり控えていた。川べりまで艀を戻す役目なのだろう。船頭のほうが慣れた手つきで櫓《ろ》を漕ぐと、滑るふうな動きで艀が進みだす。不安を覚える間もなかった。十数えるより早く、〈飛龍丸〉の船腹が眼前にそそり立つ。夜風に吹かれ、船べりから垂れた何本もの綱が惑うように揺れていた。

ものも言わずにそのひとつを摑んだかと思うと、船頭が無言のまま登っていく。あまりの素早さに声をかけられなかった。居竦みそうになっていると、残った三十男がうながす体で綱のほうへ顎をしゃくる。怖《おじ》けていると思われるのも業腹だから、ことさら強く綱を握った。

とはいえ、船腹の上り方など心得ているわけもない。どうしたものかと思案しているうち、ぐいと綱が引かれるのを感じた。あっと思う間もなく、今までに覚えがないほどの強い力で引きずり上げられる。軀の芯を冷たい風のようなものが擦りぬけ、気がつくと艫のあたりが目の高さにまで迫っていた。

蹠《あしのうら》で船べりを蹴り、いきおいをつけて甲板に雪崩れ込む。綱を握っていた船頭が、うわっといって腰をついた。こちらも体勢を崩したが、立ち上がるよりはやく、胸もとに剣先が突きつけられる。

総次郎はゆっくりと眼差しを動かし、大刀の峰から柄、持ち主へと視線を滑らせた。相手の顔は月明かりを背にして、はっきりとは見えなかったが、しだいにその風姿が浮かび上がってくる。

「……そういうことだったのか」

おぼえずつぶやくと、

「ご用心が足りませんでしたな」

大刀を手にした沢田弥平次が、どこか愉快げな声を洩らした。


干魚の匂いが立ち籠めた船倉へ放り込まれると、こちらが気づくまえに、

「お奉行」

色濃い焦燥をただよわせた声が投げかけられる。目が慣れるまで刻がかかったが、確かめるまでもなく小宮山喜兵衛だと分かっていた。総次郎とおなじく、大小は取り上げられている。

どう話を始めてよいのか見当もつかなかったが、喜兵衛のほうから口火を切ってくれた。二手に分かれ夜の町を探りだしてすぐ沢田に襲われ、ここに拉致《らち》されたという。旅籠へ留まるよう総次郎にうながしたのも、端からおびきよせるつもりだったのだろう。

――沢田が信濃屋と……。

考えてもみなかったことだが、筆頭家老・佐久間隼人正は家中のあちこちに見る目・嗅ぐ鼻を配していると噂されていた。奉行所も例外ではなかったらしい。彦五郎の身元を突き止めてみせたのも、いずれは分かるものと踏んで自ら調べを司ろうとしたに違いない。

夕刻、運上所で信濃屋と出会った折の遣り取りを思い起こす。沢田は彦五郎の名を間違って呼

んだのだった。

らしくもない、とかすかな引っかかりを感じはしたが、大立者をまえに気圧されているのだろうとやり過ごしてしまった。あれは、今宵総次郎たちを拉致するという符牒《ふちょう》だったのかもしれぬ。そもそも、沢田は信濃屋のあるじに会えず、番頭どまりと聞いていたはずだった。これもまた、疑念のかたちを取るまえに、別の件で会ったことがあるのかとひとり決めしてしまったのだろう。

些細な不審を見逃してはならぬ、という訓《おし》えが藩内に伝えられている。何代かまえの大目付が言ったことらしいが、なるほどこれかと気づいたときにはもう遅かった。

――大目付か……。

がっしりと顎の張った倉木主膳の面ざしが頭の隅をよぎる。富由里湊で何かしらの証しをつかんだ際は、真っ先に彼の御仁へ知らせる手筈になっていた。が、北前船は目付すじの支配外だから、筆頭家老につながる証しもなく足を運ぶわけにはいかぬ。今ごろはじりじりとした心もちで総次郎からの報せを待ち受けているだろうが、かような仕儀になっているとは夢にも思っていないはずだった。

――が、我らをどうするつもりなのか。

まずは何よりも、そのことであった。沢田がまことの立場を明かしたのは、知られて構わぬという肚があったからだろう。考えたくはないが、喜兵衛ともども無傷で返されるとは考えにくい。が、それでいて、ただちに殺さなかった理由が思い当たらなかった。

当の喜兵衛も、さいぜんから黙りこくったままでいる。ながく沢田と務めをともにしてきた身であれば、驚愕のほどは総次郎をはるかに越えているはずだった。ことばが出てこないのは、むしろ当然というべきだろう。

何かに気づいた体で、筆頭与力がとつぜん面をあげた。つられて総次郎もこうべをもたげる。ちょうど頭上のあたりで、ぎしぎしと板の鳴る響きが起こった。その音は少しずつ動き、いちど遠ざかったかと思うと、三間ほど向こうでなにかが大きく軋む。だれかが階を下りてくるようだった。

濃く深い闇に手燭の灯が浮かび上がり、紺地の羽織から伸びた手を照らし出す。一段下がるごとに、首から顎へかけての線が目に飛び込んできた。沢田弥平次とはっきり見定めたときには、船倉に足をついてこちらへ近づいてくる。知らない侍がふたり、寄り添うように付いてきた。ひとりは屈強とさえいえる長身、もうひとりは目を引くほどの短軀である。

「割符が……」

重い怒気を孕んだ声で告げると、沢田は片膝をついて総次郎と向かい合う。「違っておりました」

これでは品物を渡してもらえませぬ、と吐き捨てて紙片を床に放り捨てる。えっ、と小宮山喜兵衛が驚きの声を呑みこんだ。沢田の背後に控えたふたりは、いささかも面もちを崩すことなく成りゆきを見定めている。

「……ここでは用心が役に立ったらしい」

自分でもふしぎなほど平静な声が転がり出た。

師の影山哲斎にたのんで割符の写しを描いてもらったのである。武四郎には二物を与えずといったが、模写にだけは長《た》けていると知っていた。夜目には船頭をごまかせるくらいの出来だったが、仔細にしらべて偽物と分かったのだろう。沢田が吐息をつき、舌打ちを洩らす。

「本物をお渡しいただきたい」

「――さるお方に預けてある」

それは嘘で、じつはおのれの髻に結いつけてあった。が、沢田は唇を嚙みしめ、押し殺した声で唸る。

「倉木さまでござるか」

これまでの経緯を摑んでいるなら、さよう考えるはずと見当がついていた。あいまいなしぐさで首肯しておく。

「厄介なことをなさっては困りますな」

「ご家老とはいつからだ」

あえて沢田のことばには応えず、問い返してみる。「彦五郎たちもお前が」

どこか後ろめたげな面もちを浮かべながら、沢田が口をつぐむ。それが答えに違いない。奉行所の者も大半は影山道場の出身だから、この男にとくべつ目を向けはしなかった。好んで兇刃を振るったのではなかろうが、だからといって奪われたいのちが救われるわけでもない。自分も祖父もすっかり翻弄されたが、藤の根付は、父の身近にいた沢田が掠め取り、調べを攪乱《かくらん》すべく骸のそばに置いたものだろう。あるいは佐久間の指図ということもあり得た。

「三十石……」

沢田がみずからへ告げるような口調で呻く。「それが代々、わが家の俸禄でござる。いくら励んでも数石の加増がいいところ」

子らに腹いっぱい食わせてやることもできませぬ、と自嘲めいたつぶやきを洩らした。

とっさにことばを失う。貧しさとは不幸のうち最たるもの、と火事場でひとりごちた横顔が眼裏によみがえった。町人たちのことをいっていると思っていたが、あれはおのれの境涯を振りかえっていたのかもしれない。

奉行となって日も浅いが、沢田の有能さは承知しているつもりだった。それだけに理不尽な思いを味わうことも多かったのだろう。筆頭家老はそこへつけ入ったに違いなかった。政変を経て執政の座に就いただけあって、ひとの心もちには慧《さと》い御仁らしい。

それ以上問いただす力を失い、なかば浮かせていた腰をおろす。船の揺れがじかに軀へ伝わってきた。小宮山喜兵衛は、いまだ放心した体でこうべを垂れている。

「お奉行たちを質《しち》に割符を取りもどすしか……」

沢田が背後のふたりに目をやり、確かめるようにささやく。侍たちは忌々しげに舌打ちして応えにかえた。しぶしぶ承知したというところだろう。これで刻が稼げるな、と思った瞬間、

「うわっ」

という叫びが遠いところであがり、何か重いものの倒れるような音が起こった。甲板のあたり

らしい、と気づいたときには、階のところで立てつづけに軋み音が鳴っている。

振り向いた沢田が構える間もなく、闇のなかに電光のごときものが奔った。甲高い音が耳を貫いたのは、抜いた刃と刃がぶつかり合ったらしい。そのまま二度三度と鋭い音があがった。

「……父上」

息を呑んで総次郎が告げる。喜兵衛が抑えきれぬ驚きの声を洩らした。

とぼしい灯りに照らされ、蒼白い顔が浮かび上がる。八双に構えたまま忙しなく肩を上下させているのは、まぎれもなく父の草壁藤右衛門だった。苦々しげに頬を歪めながら沢田に向けて吐き捨てる。

「能ある者が、あたら心得違いをしおって」

「お奉行に言われたくはありませんな」

沢田が皮肉げな声を返す。藤右衛門は鼻のあたりから冷笑を洩らすようにしていった。

「わしに能などあるか」

言いおえるまえに、沢田が上段から斬撃を放っている。どうにか受けた藤右衛門が、わずかに膝をくずした。銀色に閃く剣先がすかさず撃ち込まれる。

意外なほどすばやい動きで躱した藤右衛門が、そのまま後ずさった。沢田も肩を荒々しく波打たせて向かい合う。

「手間取りおって」

小柄なほうの武士が妙に高い声でつぶやき、大刀を抜き放った。もうひとりが、無言のままそれに倣う。

父がどれほどの遣い手か分からぬが、影山哲斎なみということはないだろう。仮にそうだとしても、三人を相手に勝ちを収めることはむずかしいはずだった。縄を解こうとしきりに体をゆすったが、結び目がゆるむ気配はいささかも窺えない。冷え冷えとした夜気に覆われながら、全身に汗が滲みだしていた。

「――どこかで会ったの」

ふいに、ひどく近いところで耳慣れた声が響いた。階を下りつつ、闇を透かすようにこちらをうかがう影がある。「佐久間の手下《てか》か」

言いざま駆け寄ってきた左太夫が大刀を抜き放ち、倅のかたわらに立つ。藤右衛門が気まずげに目を逸らしながら、油断なく構えなおした。そうして牽制しているあいだに、もうひとつの影が近づいてきて、つづけざまに総次郎と喜兵衛の縄を切ってゆく。そのまま奪われていた大小を差し出した。

「――来てくれたのか」

かぼそい光に浮き上がった顔へささやく。

「勝手についてきた」

日野武四郎が歯を見せて笑みを返してきた。痺れた手を摩《さす》りながら立ち上がると、大刀を抜いて祖父たちの横に並ぶ。喜兵衛も遅れず従い、対手方を取り囲むかたちとなった。

「五対三」

沢田がひどく落ち着いた声を洩らす。その口ぶりに焦りはふくまれていなかった。「が、甘く見てもらっては困る」

言いおえぬうち、滑るような動きで総次郎に斬りかかってくる。火花が散るほどの勢いで振り下ろされた刃をどうにか払うと、手の傷が疼くように痛んだ。斬撃の重さに覚えがあると気づいた瞬間、頭の奥をあの夜の光景が過ぎる。

「おまえだったのか」

「あそこで引き下がれば、長生きなさいましたろうに」

薄笑いを浮かべた沢田が横薙ぎに刀を払う。刃が武四郎の軀を掠め、うわっという声がすぐそばであがった。そのまま尻もちをつき、船倉の床が軋むような音を立てる。

父と祖父、喜兵衛には相手方の侍ふたりが貼りつき、すでに鍔迫《つばぜ》り合いが始まっている。さすがに年齢が案じられて左太夫たちのほうへ眼差しを向けると、

「よそ見をするな――」

はじめて聞くような鋭い叱責が祖父の唇から放たれた。「気を取られて凌《しの》げる相手かっ」

その声に合わせたごとく、沢田の刃が唸りをあげて迫ってくる。受けとめた刀がそのまま押され、踏みしめた足の下で舟板がぎりりと音をあげた。その響きへ吸い寄せられるように、おもわず膝をついてしまう。このまま船底へ沈んでいきそうだった。眼前に迫った沢田の面を、溟いよろこびの影が通りすぎる。

が、次の瞬間、その顔がはげしく歪んだ。肩のあたりから力が抜け、つかのま腰が泳ぐ。あの

とき総次郎が負わせた傷が痛んだのだろう。

わずかな隙間をこじ開けるような心地で、噛み合ったままの刀を押し返す。沢田は吠えるごとき声をあげて踏みとどまろうとしたが、やはりいくぶん力が弱くなっていた。ようやく立ち上がった総次郎は、すばやくすさって上段に構えなおす。どちらも息があがっていたが、対手の瞳に焦りの影が覗いていた。

——いける。

柄を握る拳に力を籠め、おおきく踏みだした。沢田の肩先から斬り下げるつもりで、切っ先を振りぬく。

だが、総次郎の刃より先に閃く剣先があった。沢田の眉間がひといきに寄り、上体がぐらりと傾いで倒れ込む。暗くなった視界が開けると、呆然とした面もちで立ち尽くす武四郎の姿が目に飛び込んできた。血で汚れた刀を両手で握って、ぶるぶると震えている。

声をかける前にひどく甲高い金属音があたりを圧し、続けざまに鈍い響きが起こった。目を飛ばすと、背が高いほうの侍が仰のけに倒れている。父が息を切らして膝をついているから、どうにか勝ちを収めたものらしい。

——お祖父さまは……。

あわてて面を向けると、いつのまにか階のあたりにまで場を移している。手傷を負ったらしい喜兵衛を庇うように立ちはだかり、残るひとりと向き合っていた。対手は子どもかと思うほど小柄な男だが、離れたところから見ると、よけいに隙のなさが分かる。

剣と剣の撃ち合う音が立てつづけに響いた。ふたりともはげしく肩を波打たせている。祖父のほうが息を乱しているようだった。考える間もなく駆け出すと、焦燥の眼差しを浮かべた対手が振りかえり、一閃を放ってくる。総次郎は大きく飛びのいて剣先を逃れた。

すかさず進み出た左太夫が、下段からひといきに斬りあげる。かろうじて躱した対手がおおきく体勢を崩した。総次郎が斬りかかろうとするより早く、虚空を裂いた祖父の大刀が真っ向から振り下ろされ、対手の胸もとを抉っている。小柄な男はもんどり打って倒れ、そのまま船倉に呑まれるごとく横たわった。

「お祖父さま」

駆け寄ると、左太夫がおもい吐息をこぼして懐紙を取り出す。血刀を拭いながら、やるせなげにつぶやいた。

「孫に助けられいでよかったが」祖父らしからぬ湿い眼差しで、おのれが斃した骸を見据える。「この齢で、はじめてひとを斬ったわ」

そのことばへ導かれるように、今いちど武四郎のほうを見つめる。やはり、血刀をおさめることもできず、棒立ちとなったままでいた。自分が斬るべきであったと、ふかい悔恨のごときものが胸を浸す。その心もちが伝わったのか、祖父が一歩すすみ出た。

「武四郎は、そなたのお役を守ったのだ」ひとりごつような口調でいう。「町奉行の務めは裁くこと……今このなかで、だれかひとり手を汚すべきでないものがいるとしたら、それは草壁総次郎を措《お》いてあるまいよ」

## 二

齢のせいか、驚くということが次第に少なくなってきた左太夫だが、

「えっ」

〈賢木〉の玄関先に立った武士を見て、らしからぬ声をあげてしまう。

「声がおおきい」

編笠を脱ぎながら苦笑したのは、筆頭家老の佐久間隼人正だった。むろん、ここを訪ねてきたことなどない。よく見ると、戸の外に供とおぼしき若侍がたたずみ、午後の日を浴びていた。

上がり框に手をつくはるの面もちも、心なしか固くなっている。筆頭家老の顔など知るはずもないが、ただならぬ相手だというくらいは察しがついているのだろう。

「あがってよいか」

平坦な声で佐久間がいう。左太夫がはるを見やると、こくこくと頷きかえしてきた。

「お許しが出たぞ」

いつもの調子を取り戻して告げる。

「ありがたい」

唇もとに苦い笑みを残しながら、佐久間が履き物を脱ぐ。いえさような、と応えながら、はるもいくらか肩の力を抜いたようだった。供の若侍を別室に案内するよう、女中頭のお咲をうなが

している。

離れにつづく縁側をならんで歩いていると、佐久間がふと足をとめた。視線の先にはひとかたまりの竜胆《りんどう》が紫の花びらを匂やかに広げている。しばらく見つめたあと、向き直って歩をすすめた。左太夫が、先に立って自室の戸をひらく。

澄んだ大気がひと間のうちに流れこんでくる。どこか甘やかな花の香が、そのなかに含まれていた。

腰を下ろして向かい合うと、間を置かずはるが茶をはこんできた。喉が渇いていたのか、佐久間がさっそく碗を取る。ひとくち含んでいるあいだに、丁重な会釈を残しておかみが退がっていった。その気配が遠ざかるのを耳で追っていると、

「――評定所から呼び出しが来た。あす出向く」

筆頭家老がひとりごつようにつぶやく。そうか、と応えてこちらも碗を唇もとへ持っていった。ほどよいぐあいに温められた茶が滑るごとく喉を通っていく。

「総次郎の勝ちらしい」

かまわずに佐久間がつづける。「割符を手に入れられた」

無言のまま、うなずき返す。本物の紙片と船頭の持っていたものをつなげたところ、佐久間の花押《かおう》が浮かび上がった。それが大量の昆布を内々に受けとるため必要な証しで、彦五郎がひそかに信濃屋から持ち出したものである。筆頭家老の死命を制する品だから、兇刃を振るってまで手に入れようとしたのも無理はない。

左太夫は万一のとき、余人にまかせず藤右衛門を斬るつもりで、総次郎たちの並びに宿を取り、目を配っていたのである。武四郎まで連れてゆくつもりはなかったが、当人が友垣の身を案じ、ひそかに〈賢木〉を訪ねて同行を願った。左太夫は富由里へ行くつもりに違いないと思ったらしい。呑気そうなわりに勘のいい男というべきだった。念のため艀を用意しておこうといったのも武四郎なのである。

沢田弥平次が筆頭家老に通じていたと知ったときはむろん驚いたが、籠絡《ろうらく》するなら、その勤めに秀でたもののほうが役に立つ。分かってみれば、むしろ納得のいくやり口だった。佐久間はこうして、あちこちに根を伸ばしていったのだろう。だが、その分ほころびが生じる目も増えたはずだった。所詮、すべてのものごとは両刃の剣でしかない。

「……なにゆえ、わしにそれを」

碗を膝もとに置いて、相手の面もちを見つめる。あわい日ざしに照らされ、頰のあたりに思いのほか多くの皺が浮かび上がっていた。

「さあな」佐久間が自嘲めいた声音を洩らす。「どういうわけか隠居爺いの面《つら》が見たくなった」

「見物料でももらっておこうか。わしの顔は高値《こうじき》じゃが」

にやりと唇を曲げると、応じるように佐久間が笑声をあげる。その響きへかぶさるごとく、椋《むく》鳥《どり》とおぼしき啼き声が、中庭のどこかから聞こえてきた。

「……そのうち聞くことになるだろうが、はじめは藤右衛門に声をかけた」

筆頭家老がぽつりとつぶやく。町奉行を抱き込んでおけば、いちばん面倒がないからなと世間話のような口調でつづけた。それが今年のはじめということらしい。藤右衛門はそこで肚を固めたのだろう。

「隠居願いなど出してきたときは意気地のないやつだと思ったが、あの男なりに考えることがあったのかもしれん」

左太夫は唇を嚙んで目を伏せる。佐久間に与せず家を守るためにはそれしかないと思ったのかもしれぬ。

それでいて富由里に潜んだのは、やはりことの成りゆきが気にかかったからだろう。それこそ大目付の協力をつのり、筆頭家老を弾劾する道もあったとは思うものの、これが精一杯だったに違いない。倅らしい半端さというほかないが、それを責めるつもりはなかった。

「——あ奴はもともと、どこかへ行ってしまいたかったのだ。おぬしのおかげで楽になったともいえる」

面を上げながら告げる。佐久間がはじめて見るほどおだやかな微笑を浮かべ、そうか楽にな、といった。その顔を見ているうち、ふと思いついたことが零れでる。

「おぬしもこれで楽になった口か」

筆頭家老はつかのま眉を寄せ、考え込むような面もちとなったが、じき皮肉げに唇を歪めた。

「そんなつまらぬことは言わん。旨いものもずいぶん食ったし、女も抱いた……何より、家中みなから頭を下げられるのは、得も言われぬ心地よさだった」

「けっこうな話だ」

左太夫が呆れたふうな声を洩らす。佐久間は片頬を吊り上げ、不敵な笑みをたたえた。

「そうとも、せいぜい羨むといい」

言い放ったあと、かすかに瞳を翳らせ、ただ、とつづけた。「もっと楽しいかと思っていたな」

「…………」

邪魔をした、といって、佐久間がおもむろに腰を起こす。かたわらに置いた大小を取り、しっかりと帯に差した。

「もういいのか」

こちらも立ち上がりながら問うと、

「見物料が値上がりせぬうちに退散するとしよう」

かすかな笑みをふくんだ声で応えてきた。

わずかなあいだにも日は動いているらしく、縁側に出ると、竜胆の色がいっそう浮き立って目に飛びこんでくる。ふたりとも言い合わせたように歩を止め、そのまま庭のほうを見つめた。

「ひとつだけ礼をいおうか」

相手の横顔には眼差しを向けず、左太夫がつぶやく。「軽輩のままでいたほうがよかった、などと言われなくて安堵した」

佐久間が肚の底から湧き出るような笑声を洩らした。

「言うわけがない。楽しくて仕方ない富貴者もいれば、みじめな貧乏人もいる。むろん、その逆もだ」

ようは一人ひとり違うということでしかない、とひとりごつと、佐久間は向き直って母屋のほうへ歩みをすすめる。その通りだな、と返した声が聞こえたかどうかは分からなかった。

玄関先まで送っていくと、気配を察したものか、すでにはるとお咲が膝をついて控えている。供の若侍が、戸の向こうで待ち受けていた。佐久間は草履をはくと、

「邪魔したな」

誰にともなくいって踵を返そうとする。その動きが途中でとまり、乾いた唇にいたずらっぽい笑みが浮かんだ。

「見物料のことだが」

左太夫が首をかしげているのを面白がるように、ひどく上機嫌な口ぶりでつづけた。「少なくとも今日いっぱいは筆頭家老のままだ。何か欲しいものがあれば、言うといい」

おぼえず苦笑して応える。

「酔狂なことを。隠居の身でいまさら何も……」

言いかけて、ことばが止まる。左太夫は唇もとに手を当て、考えこむような声をあげた。「いや、待てよ。あるいは――」

三

縁側に出て背中を丸めた父と、座敷で口を噤んでうつむく母の横顔をかわるがわる見つめてい

る。気まずいとはこういうことか、と総次郎は内心でひとりごちた。同じことばを、もはや何度目か分からぬほど繰りかえしている。

気がつくと、さよがおのれの膝に乗って、やはりふたりの様子を落ち着かなげに見守っていた。とても母のそばに近寄れる空気ではないということだろう。いつの間にかずいぶん慣れてくれたと喜びたいところだが、そのゆとりもなかった。

〈飛龍丸〉で再会したあと、ゆくたてはあらまし父から聞いていた。佐久間隼人正からの要請をかわすため隠居の道を選んだこと、それでいて目を瞑り切ることができず、失踪して富由里に潜んでいたことなどはその通りだろうが、今までの生から逃れたかったのもまことのはずである。

拒む父を喜兵衛とふたりして説得し、どうにか屋敷まで連れ帰ったものの、母ならなおのこと、藤右衛門が振り捨てようとしたものに自身もふくまれていると感じずにはいられまい。だからこその張り詰めた空気に違いなかった。

佐久間の失職は疑いないと倉木主膳はいったが、信濃屋にはまだ手をつけられずにいる。不正への加担は明白というほかないが、ながらく藩政に食い込んできた豪商だけあって、叩けば御家の髄にまで累がおよびかねない。藩主じきじきに、いまは調べを控えよとの沙汰が下ったのだった。むろん釈然とはせぬものの、いち町奉行がどうこうできる問題でもない。家老の首はすげ替えられても商人はそうもならぬ、というのが、実はいまの世の理《ことわり》なのかもしれなかった。

三十石、と歯ぎしりするように呻いた沢田の声が、いまも耳から消えていない。あの男を憎む気もちはどうしても湧いてこなかった。すべてが明らかになれば、家も取り潰さざるをえないが、探索中、不正に昆布を入手しようとした佐久間の手下と斬り合い、死んだということにしてある。

武四郎は以前とかわった様子を見せようとしないが、心中までは推し量るすべもない。相変わらず呑気なたたずまいながら、時おり見たこともないような溟い影を瞳に閃かせることがある。町奉行としてのおのれを守るためにと思えば胸の奥がはげしく疼いた。

といって、ではどうすればよかったのかは誰にも計れない。血刀を手に震えている姿はこれからも忘れられまいが、なまじ生きて沢田を捕えていれば、切腹の上、取り潰しは免れぬから、何が幸いなのかまるで分からなかった。

藤右衛門が帰邸して、すでに三日が経っている。母とことばを交わしているさまは見た覚えがなかった。明日はもう出仕せねばならぬが、これでは気にかかって仕方ない。ぎこちないなりに何か話しはじめてくれぬものかと思った。

尻のあたりをもぞもぞと動かしはじめたとき、玄関先で聞き慣れた声が響く。はじかれたように立ち上がり、小走りでそちらへ向かった。

「眉間に皺が寄っておるぞ。その齢でまだ早い」

三和土に立った左太夫が、おどけた口ぶりで告げる。総次郎は声をひそめていった。

「まこと、よいところへ来てくださいました。父と母がどうにも……」

「ああ」

苦笑しながら祖父が首を回す。かるく骨の鳴る音が起こった。「放っておけ。夫婦のことは口出し無用じゃ。それより、呼んできてほしい者がおるのだがな」

父と母の沈黙から逃れる体でみずから日野家に足をはこぶと、奈美が玄関先に顔を見せた。武四郎は、じき藩校からもどってくる時分だという。帰ったら屋敷まで来てくれるよう言付けをたのんだ。

「……何ごとでございましょう」

案じげな面もちを浮かべる娘に、ことさら微笑みかけてみせる。

「いろいろと片づいたので、いちど皆で集まろうという話かと思います」

祖父のようすからして凶報とは思えなかったから、とりあえずそういって宥めておく。奈美はいくらか安堵したふうで、では間違いなく伝えますと応えた。すぐ屋敷へもどるのは気重だなと思っていると、なんとなくその心もちを察したのか、

「ひと区切りついたのですね」相手があかるい笑みを唇もとにたたえる。「まことお疲れさまでございました」

両手の指をついて、深くこうべを下げてくる。かえってこちらが恐縮し、

「これは痛み入ります」

突っ立ったまま、ゆっくりと腰を折った。

「二人してあらたまりおって、いったい何をしている」

背後から呆れたような声が飛びこんでくる。いつの間に帰ってきたのか、武四郎が以前と同じ

のんびりした表情で、総次郎と奈美をかわるがわる見やっていた。

「じつは、そなたに婿入りの口がかかった」

座敷で向き合うなり左太夫が告げると、

「えっ――」

武四郎と総次郎がそろって声を上げる。相変わらず縁側で気まずげに沈黙していた藤右衛門も、驚いてこちらを振りかえった。武四郎と正面から視線が合い、たがいにぎこちなく低頭する。藤右衛門は、そのまま庭のほうへ面をもどした。楓の木に降りそそいだ光がほのかな赤色を帯び、庭いちめんをうっすらと染めている。丈高い松の梢から鶸《ひわ》のさえずりが響いてきた。

「それは、まことにおめでとうございます」

茶と煎餅を運んできた満寿が、膝をついてふかぶかと頭を下げる。こちらは気がまぎれたらしく、あからさまにほっとした面もちとなっていた。いえ、恐れ入りますと口籠もった武四郎が、居心地悪げに上体を動かす。

「おい、よかったな」

総次郎が喜びをあらわにしていうと、

「まことにありがたいお話ですが、ずいぶん急ですな」

むしろ戸惑い顔で応える。なんだ嬉しくないのか、と首をかしげると、相手は面映げに苦笑をこぼした。

「いや、浮き世はなんとも大変そうだから、このまま冷や飯食いも気楽でいいかなと思いはじめていた」

暗い船倉に浮かぶ沈んだ眼差しが脳裡を過ぎる。とっさに胸を衝かれそうになったが、

「では断るか。ただの見物料ゆえ、わしはべつに構わぬが」

左太夫が真顔で告げた。意味はよく分からなかったが、問い返すより先に祖父が語を継ぐ。

「ただ少々わけがあってな、返事は今日じゅうにせねばならんのだ」

ずいぶん急ですな、と繰り返したものの、じつは考える余地などあるわけもない。武四郎は居住まいをただすと、

「謹んでお受けいたします」

ひとことずつ押し出すようにいって手をついた。顔を上げながら、いま気づいたという風情で問いかける。「ところで先様はどちらで」

「さいしょに聞くと思ったがな」

おかしげに笑いながら左太夫がつづけた。「番頭《ばんがしら》の――」

言いかけた祖父の声を、いま一度ふたりの叫びがさえぎる。武四郎があわてて膝を乗り出した。声も明らかに上ずっている。

「それは、いくら何でも荷が重すぎます」

番頭は藩の軍事を統べるお役で、有事の折には総大将となることもある重責だった。太平の世とはいえ、武四郎が尻込みするのも無理はない。手放しで喜んでいた総次郎だが、友垣の気もち

がうつったのか、にわかに不安が込み上げてきた。祖父の白い眉を見つめていう。

「当人のまえでいうのも何ですが」ちらと武四郎を見やり、片手で拝むようなしぐさをつくった。「この呑気者にさようなお役が務まるものでしょうか。万一しくじりでもしたら……」

ひどい言い草だ、とつぶやきつつ、武四郎が同意をあらわすように幾度もうなずいてみせる。

失笑しながら、祖父がまっすぐな視線を向けてきた。

「当人のまえでいうのも何だが」ひどく真摯な眼差しを武四郎にそそぐ。「そなたには、どこか茫洋と大きな器を感じる。ひょっとしたら、わしや総次郎よりずんと偉くなるかもしれぬて」

「はあ……」

総次郎は、心細げにうなだれる友垣の肩に手を置く。祖父がいうなら、きっとそうなのだろうと思った。しばらく、掌を当てたまま身じろぎもせずにいる。いま開きかけている行く末を受け取ってくれと念じた。その心もちが伝わったのだろう、ややあって、相手が大きな手をゆっくり重ねてくる。武四郎はだいじょうぶだというふうにうなずくと、肚を据えた体で顔をあげた。

「番頭といわれますと――」

左太夫が微笑して唇をひらく。おもわず、ふたりして身を乗り出した。

「宇津木《うつぎ》よ。宇津木頼母《たのも》どのだ。ちょうど、ひとり息子を亡くされたところでな。それなりのお齢ゆえ、数年のうちには、そなたが名を継ぐことになろうよ」

# 四

総次郎と喜兵衛が連れ立ってきたから何かと思っていたら、さよのことだという。満寿がかの女童を養女にしたいと洩らしているらしい。ひとり息子もお役に就いたし、いまいちど子育てがしてみたいのだろう。

「いきなり小姑《こじゅうと》ができて、奈美どのであったか……は構わぬのか」

真顔でいうと、総次郎が面映げに眉をひそめた。

「いえ、そもそも奈美どのとは、まだなにも」

「いまのうちに、どうかしておけ」

じぶんでもやけに真剣だと思える口調で左太夫は告げる。「まだ早いは、もう遅い」まるで地唄じゃな、といつか言ったようなことを付けくわえると、総次郎がふかく頷き返してくる。遣り取りを見守っていた喜兵衛がおもむろにいった。

「じつは、それがしのところへ貰おうかと思いはじめておりました」

おもわず驚きの声をあげたが、総次郎へは先に話していたらしい。孫はひとひざ進めると、筆頭与力にかわって話をつづけた。さよが総次郎を追って守り袋の中身を差し出したと知り、感じるところがあったらしい。

「胆力もあり、世のつらい目も見ております……この先、婿を取って与力の家を継ぐに不足はないかと」

まことは武四郎どのに目をつけておったのですが、御前にさらわれてしまいました、といって大きな声で笑った。喜兵衛がこれほど楽しげに見えるのはいつ以来であろうかと記憶をまさぐったが、浮かんでは来ない。

「どうも、引く手あまたじゃの」

にやりと笑って、かわるがわるふたりを見やる。「まあ、当人に聞いてみるといい。慌てずとも、春くらいまでに決めればよかろう」

そのまましばらく話をつづけていると、おかみのはるが困惑した面もちを隠そうともせずやってくる。

「先だっては、どうもありがとう存じました」

喜兵衛に向かって丁重に会釈したのは、屋敷を訪ね、はじめて富之介の位牌に手を合わさせてもらったことをいっているのだろう。付き添ったりはしていないものの、話は双方から聞いていた。喜兵衛は無言で会釈を返すだけだが、いくらかぎこちなさが薄れたようにも見える。唇もとへ浮かびそうになった笑みをおさめ、

「どうかしたのか」

ことさら平坦な口調で問うた。また大目付の倉木でも来たのかと思ったのである。すっかりここが気に入ったらしく、時おり訪れては佐久間の詮議について問わず語りに洩らしていく。むろん内々のことであり、左太夫と佐久間の間柄を知った上でのことだった。

佐久間の態度は神妙というほかないもので、北前船を用いてみずからの懐に大枚を流しつづけたことはすんなり認めた。まだお沙汰は出ていないが、切腹は免れぬだろう。が、信濃屋との関わりについては、かたくなに口を噤んでいる。やはり、彼の商人《あきんど》にはすんなり辿りつきそうもなかった。

とはいえ、倉木の来訪には、はるも慣れてきたころである。今はあからさまに眉のあたりが曇っていた。

「はい、じつは」

声もはっきりと言い淀んでいる。「さきのお奉行さまがお越しで」

巌のような顔立ちを前にして、そういえば、倅とこうやって向き合ったことはなかったな、と思った。あるいは忘れているだけかもしれぬが、脳裡に刻まれるほどの語らいをした覚えはどこを探しても見当たらない。

藤右衛門もおなじようなことを考えているのだろう。対座してはいるものの、眼差しはじぶんの膝に落として口を噤んでいた。それでも、こうして訪ねてきたということが今までとは何か違っている。

総次郎は居心地わるげに縁側で座っているが、小宮山喜兵衛はうながすまでもなく、勝手口から退散した。藤右衛門と顔を合わせていけない理由はないが、おそらくその方がいいと感じたのだろう。察しのいい友垣とはありがたいものだった。

開け放った障子戸の向こうで、あざやかな紅葉が傾きはじめた陽光に焙られている。藤右衛門は風にそよぐ葉叢を背に腰を下ろしていた。倅の全身がつよい赤に染まり、木々の一部となって溶けこんでゆくように見える。ややあって、色の薄い唇がゆっくりと動いた。

「……戻ってくるつもりはございませなんだ」

言いさして、にわかに自嘲的な笑みを浮かべる。「いや、ですが、どこかで元の暮らしとつながっていたかったのやもしれませぬ」

正直に話しておる、と感じた。〈富由里湊〉と読み解ける紙片を残したのは、そういう心もちのあらわれに違いない。が、みずからの半端さをことばにするのは、この男なりの覚悟なのだろう。左太夫自らにもそれが出来ているという自信はなかった。

父親が名判官などと持て囃されたおかげで、倅がどのような思いを味わってきたのか、所詮想像することしかできぬ。親子であればこそ、心のうちは分からぬことが多かったし、分かろうともしなかったおのれを感じている。怨みごとをいうのなら、黙って聞く気でいた。

だが、ややあって藤右衛門が口にしたことは、左太夫の腹づもりとすこし異なっている。

「満寿のことですが――」

屈託を捏《こ》ねて固めたような面もちが崩れ、途方に暮れた童のごとき色を顔いちめんに浮かべた。振り向きかけた総次郎が、あわてて庭のほうへ面を戻す。左太夫がつづきを促すまえに、

「やはり実家へ帰したほうがよろしいでしょうか」

倅が、ひと息にことばを吐き出した。

おもわず失笑を洩らすと、今度はむっとした気色をあらわにする。きょうは見た覚えのない顔がつづくな、と思った。左太夫はいなす体で、ゆらゆらと手を振る。

「わしに聞かれてもの……。そなたらで決めることじゃが、今さら帰ったところで肩身が狭いのは間違いなかろうよ」

満寿の実家は郡奉行をつとめる鏑木《かぶらぎ》という家だが、両親はとうに亡くなり、兄の代となっている。戻ったとて、居場所がないことは明らかだった。それくらいは分かっていると見え、藤右衛門も、

「さようですな」

とつぶやき、鬢のあたりを掻きまわす。ほつれた毛が幾すじか頬に貼りついた。

「満寿自身は、どうしたいと申しておる」

何気なく問うた途端、倅がひどくやるせなげな吐息をつく。二度三度それを繰り返してから、いきなりおのれの膝を摑んだ。

「聞いてはおりませぬ……なにも」

「なにも」

啞然となり、われしらず高い声が転がり出た。「もしや、まだろくに話しておらぬのか」

藤右衛門がこれ以上ないというほどうなだれる。総次郎がそっと振り返り、その通りだというふうに首肯してみせた。倅が吐息に塗《まみ》れた声を吐き出す。

「――あまりに気まずうございまして」

「当たり前だ、それだけのことをしたのだから」

藤右衛門が草壁邸に戻ってから十日ほど経つ。そのあいだ、ほとんど話もしておらぬらしい。満寿は満寿で話しかけるきっかけを見いだせずにいるのだろうし、あるいは自分から折れたりするものかと肚を据えているのかもしれぬ。よくもわるくも芯のつよい女子だということは分かっていた。

これでは、総次郎もさぞ気を揉んでいるに違いない。奉行としての務めもあろうに、難儀なことというほかなかった。人目のないところで頭を抱える孫の姿が脳裡をよぎる。

——ああ、そうだ。

ふいに思いついたことがあり、暫時待てと言い置いて文机に向かう。筆を走らせる背に、倅の焦燥がはっきり突き刺さるのを感じていた。

さほど長い文言を書くわけではない。さらさらと認《したた》めた書き付けを小さく折り、縁側に出て、そのまま総次郎に手渡した。

「これは……」

孫の戸惑い顔に気づかぬふりで、

「あとで見よ」

声をひそめて言い添える。

それが何かしらの解だと察したのだろう、縁側での遣り取りを見やっていた藤右衛門はひとつ大きな息を吐くと、おもむろに腰をあげた。総次郎が弾かれたように立ち上がり、あとにしたがう。左太夫は悪童のごとき笑みを浮かべながら、見送りに立った。

いつの間にか日がおおきく傾き、玄関の向こうに薄い藍の暮色がただよっている。はるとお咲が上がり框に膝をついて待ち受けていた。

「そこまで送ろう」

さらりといって履き物を突っかけると、はるが、

「少しお待ちくださいませ」

奥に戻って無紋の黒い羽織を三つ持ってきた。かたじけない、と声をそろえながら倅と孫が腰を折る。ふかく頭を下げた女ふたりの姿を目の隅に置いて表へ出た。

羽織は正解だったというほかない。外気に触れた途端、驚くほどひんやりとしたものが頰に突き刺さってきた。神山の地ではひどく秋がみじかい。右往左往しながら暮らしているあいだに、とつぜん長い冬が訪れるのだった。

無言のまま、三人で肩をならべて歩く。総次郎を真ん中に挟んだかたちとなっていた。この顔ぶれで並んで歩いたことなど、いつ以来か分からない。あるいは一度もなかったのではないかとさえ思えた。

倅とは結局なにも話さなかったな、と気づいた。残念なような、安堵したような心もちが胸を浸す。

さまざまな思いをぶつけ合った方がいいには違いないが、お互いもう、そういう齢ではなかった。有り体にいえば億劫でもあるし、照れ臭くもある。倅もまたそう感じているらしいというこ

とだけは、なぜかはっきりと伝わってきたし、それはそれで悪くなかった。ひととひととの隔たりは、ただ埋めればいいというものでもないだろう。

書き付けには、若いころから付き合いのある江戸家老の名が記してあった。佐倉《さくら》という男だが、夫婦して江戸あたりに旅してみよという意である。何なら、あの女童をともなってもいい。総次郎に勧めてもらうつもりだった。さいわい勘はわるくなさそうだから、察しをつけてくれるだろう。爺いの欲目ではないはずだった。

別れるのはいつでもできるが、その前に少しくらい話をしてもよかろうと思ったのである。旅に出れば無言というわけにもいくまい。これを糸口に藤右衛門と総次郎もなにかしら思いをぶつけ合えればと望まぬでもないが、おのれと倅のありさまをみれば、望み薄というほかない。所詮、父と子とは、こうして何も話さぬまま歩いていくものなのかもしれなかった。

ひとあしごとに濃さを増す夜闇を掻き分けるようにして歩を進める。いつものごとく、遊里の奥へ吸い込まれてゆく男たちや女たちと絶え間なくすれ違った。みな、きらきらと目を輝かせ、忙しない足つきで歩いている。その光は欲望の滾《たぎ》りに違いないが、どこかそれをまぶしく感じているおのれに気づく。かたわらを歩くふたりに目をやると、吐き出す息がわずかに白くなっていた。ふいに、いつか喜兵衛のいったことが頭をよぎる。

——じき霜が下りてくる。

わし自身にもまた、と思った。

ゆっくりと歩んだはずが、知らぬ間に柳町の入り口が近づいている。闇の奥に朱の楼門があざやかに浮かびあがっていた。その上から、欠けはじめた月が、冷たく澄んだ大気を通してくっきりと白い光をこぼしている。溢れるようなかがやきとはいえぬが、新月となるまでには、まだ間があるらしかった。

ふと眼差しを遊ばせると、一膳飯屋〈壮〉の暖簾が微風にはためいている。店の奥には明かりが灯り、心なしか賑やかなさざめきが耳に届いてくるようだった。

総門のところで別れるつもりだから、そのあと久しぶりに覗いていこうと思った。気がつくと、孫の歩みがわずかながら遅れぎみとなっている。そちらを見やると、総次郎が、すべて弁えたような大人びた笑みをたたえ、視線を〈壮〉のほうに向けた。いつの間にか、こんな笑い方ができるようになったらしい。

孫の微笑に誘われる体で、倅の横顔へ目を滑らせた。気配を察したらしく、無骨な面ざしが、うかがうようにこちらを向く。左太夫はその顔を見つめ、おもむろに唇をひらいた。自分でも思いがけぬことばが転がり出る。

「旨い店があってな――すこし寄っていかぬか」

初出：「小説現代」二〇二三年六月号

砂原浩太朗（すなはら・こうたろう）

1969年生まれ、兵庫県神戸市出身。早稲田大学第一文学部卒業。出版社勤務を経て、フリーのライター・編集・校正者となる。2016年「いのちがけ」で第２回「決戦！小説大賞」を受賞。2021年『高瀬庄左衛門御留書』（講談社・現在、講談社文庫から刊行中）で第34回山本周五郎賞と第165回直木賞の候補となる。また同作にて第９回野村胡堂文学賞・第15回舟橋聖一文学賞・第11回本屋が選ぶ時代小説大賞を受賞、「本の雑誌」2021年上半期ベスト10第１位に選出。2022年『黛家の兄弟』（講談社）で第35回山本周五郎賞を受賞。他の著書に『いのちがけ　加賀百万石の礎』（講談社文庫）、『藩邸差配役日日控』（文藝春秋）などがある。

霜月記《そうげつき》

第一刷発行　二〇二三年七月二十四日
第二刷発行　二〇二三年八月二十九日
著　者　砂原《すなはら》浩《こう》太《た》朗《ろう》
発行者　髙橋明男
発行所　株式会社　講談社
〒112-8001東京都文京区音羽二―一二―二一
電話　出版　〇三―五三九五―三五〇五
販売　〇三―五三九五―五八一七
業務　〇三―五三九五―三六一五
本文データ制作　講談社デジタル製作
印刷所　株式会社ＫＰＳプロダクツ
製本所　株式会社若林製本工場
定価はカバーに表示してあります。



Printed in Japan　ISBN978-4-06-532127-0
N.D.C. 913　286p　20cm

KODANSHA